La retina infiel

Victoria Cáceres

Finalista
VI Concurso Internacional de Novela
Contacto Latino

PUKIYARI EDITORES
www.pukiyari.com

"Children, be curious. Nothing is worse (I know it) than when curiosity stops. Nothing is more repressive than the repression of curiosity. Curiosity begets love. It weds us to the world. It's part of our perverse, madcap love for this impossible planet we inhabit. People die when curiosity dies. People have to find out, people have to know. How can there be any true revolution till we know what we're made of?"
—Graham Swift

Para Eduardo Gómez, mi padrino y mentor,
por su inquebrantable fe en mi escribir.

(venezia)

Cuando pisé Venecia, la niebla literalmente me tragó, como en la escena final de Casablanca. Era pleno verano, pero la humedad me entumeció los huesos y me dejó ahí, estaqueada en los escalones de la estación Santa Lucia. Vine para velar a un muerto y tenía la impresión de que la ciudad no era un lugar apropiado para quedarse. Tampoco para concluir o empezar. Era un sitio de pasaje, un cartel en la ruta, una flecha que señalaba hacia otro lugar.

Inmóvil en los escalones de la estación de tren, sola, olí la humedad del agua, y me quedé quieta intentando recuperar el aliento. Escuchaba mis propios jadeos tratando de llevar aire a mis miembros aletargados. En esos momentos la angustia renació, como si hubiera abierto una valija repleta de ropa usada. Como líquido se desparramó por mi cuerpo y ganó mi centro. Me repetí a mí misma que estaba lejos y a solas, que podía si se me antojaba sentarme ahí mismo y estallar en llanto. Irónicamente, saber que tenía la libertad para hacerlo me relajó, pude encerrar la intranquilidad en su maleta y reconsiderar qué hacer.

Cuando era chica escuché tantas historias sobre Venecia... El Abuelo las perfeccionó a lo largo de toda mi infancia y adolescencia hasta que creí ver todo aquello a través de sus ojos. Eso era, vi la ciudad encantada con pupilas ajenas y ahora, enfrentada a la realidad tridimensional, poblada de olores, vistas y gente, lucía desteñida y vacía de *glamour* o aventura.

Eran las once de la noche y no quedaban muchos pasajeros. Algunos hacían tiempo esperando que los vinieran a buscar; otros, se preparaban para enfrentar esa húmeda oscuridad a la intemperie con la idea de tomar el primer tren de la mañana. No tenía miedo, sólo una capa ligera de indiferencia, aquella que es producto del cansancio del alma, lo que queda cuando ya no hay ganas de llorar. Una voz interna, sin embargo, insistía con el optimismo, y recordaba aquella otra voz que me decía, cuando de chica me dolía algo, que ya pasaría. Viajé hasta esta ciudad poniendo un pie tras otro, preocupándome no por el horizonte sino por el lento curso del amanecer hasta el ocaso.

Fijé la vista en el agua. Negra, oleosa y espesa, contagiaba peligro. Cada tanto surcaban barquitos o yates, estremeciendo las tímidas olas. Me sobresalté. Todo cobraba un tinte fantasmagórico, y más que la mágica ciudad sobre agua descrita por el Abuelo, me parecía haber llegado a un limbo descorazonador, a una oficina de tránsito donde con suerte encontraría una pista para seguir.

Respiré profundo, juntando fuerzas. El alma se me encogió, nuevamente. Olor a flores muertas, eso era, lo que me impregnaba cada vez más. Venecia no era más que una ciudad cementerio, decorada por un mito milenario. Y aquellos barcos oscuros... mis meditaciones se vieron interrumpidas al ver que un hombre enjuto se acercaba hasta donde yo estaba parada. Me congelé, como siempre que un extraño se fija en mí. Eso nunca sucedía por una buena razón. Yo pertenecía a un grupo de mujeres que podríamos etiquetar de casi invisibles: ni demasiado gorda ni demasiado flaca, ni muy alta ni muy baja, ni muy oscura ni muy clara. Me permitía discurrir por el mundo sin ser observada y, a su vez, tener el puesto ideal para estudiar al resto. Pero ese hombre, moreno, de edad mediana, grueso y sudado me habló en un italiano que entendí a medias. Me ofrecía un *albergo* donde hospedarme. Estaba tan nerviosa que tartamudeé un sí. Me hizo señas de que lo siguiera y yo, obediente, lo hice. En ese momento no se me ocurrió irme para otro lado; luego lo pensé y me convencí de que hice lo correcto. Después de todo, ¿a dónde iba a ir a esa hora en una ciudad que me confundía?

Arrastré mi valija con rueditas por las escaleras del puente. Era el que vi desde la estación, y, pese a la hora, estaba repleto de gente que, o bien intentaba atravesarlo cargada de bultos, o bien conversaba, inclinada sobre la baranda. Me alejaba del único lugar que conocía y comencé a perder la noción de la dirección. El hombre sólo se volvía cuando teníamos que doblar, para asegurarse de que yo seguía avanzando con él. A medida que caminábamos, la gente empezó a desaparecer. Las callecitas se volvieron más y más angostas y, sobre todo, silenciosas. Cada tanto se oían pasos, se acercaban y luego se alejaban. En algunos casos llegábamos a ver a quienes los provocaban, en otros, era un sonido despojado de su correspondiente imagen, como un fantasma o un mal presentimiento. Todo el tiempo, incluso sin verla, estaba consciente de la presencia del agua. Rodeándome, asfixiándome, acorralándome y obligándome a seguir los pasos del desconocido. Acaso los venecianos eran medio anfibios y se transformaban por la noche en peces para merodear por la ciudad...

Noté que la luz que iluminaba las calles era muy blanca y penetraba a través de la neblina. Las paredes escarpadas a cada lado, cubiertas de ventanas rectangulares prolijamente cerradas, simulaban parte de una escenografía teatral. No estaba en una ciudad real sino en un gran teatro, poblado de falsas casas y dobles encargados de aparentar ser habitantes desplegando sus vidas rutinarias.

A esa altura estaba extenuada, sólo podía pensar en una cama y me imaginaba un colchón amplio y grueso, sábanas blancas y frescas, y un cartel de "No Molestar" en la puerta de mi habitación, de manera de que podría dormir hasta entrado el día. Era uno de los magros beneficios de la depresión. El momento de entregarse al ilimitado sopor del sueño, sin despertadores ni obligaciones ni caras preocupadas asomándose por la puerta a medida que pasan las horas.

Finalmente, mi hombre se detuvo frente a una puerta diminuta, donde un cartel descolorido rezaba, "Albergo Al Sole". Abrió con su propia llave y me introdujo en un hall desierto, en el fondo del cual un pequeño cuartito iluminado hacía las veces de recepción. Un hombre avejentado dormitaba frente al televisor que vomitaba imágenes en blanco y negro. Mantuvo una conversación corta con mi *cicerone* y me entregó una tarjeta para que completara mis datos. Luego me condujo a mi habitación. Mi guía se alejó con un saludo, posiblemente en busca de futuros incautos.

Nuevamente arrastré mi valija, esta vez escaleras arriba. El lugar no tenía ascensor, y los escalones empinados me condujeron al tercer piso. La decoración, a la escasa luz, lucía deprimente. El papel de las paredes mostraba el amarillo de la humedad persistente, apenas disimulado por pequeñas rositas y enredaderas sobre un tono cremoso. Las alfombras, de un bordó oscuro, mostraban zonas ralas producto del uso. El aire estaba impregnado de un olor a sopa, como si estuviese pernoctando en una cocina gigante. Mi cuarto, al abrir la puerta, era diminuto. Mirando hacia el piso me encontré con otra alfombra oscura, verde esta vez, más empapelado de flores, quizás más grandes, pero del mismo tono, y muebles de tamaño desproporcionado. La cama, si bien amplia, era de una plaza. Un ropero enorme y un escritorio diminuto competían por el poco espacio junto a la única ventana, situada casi junto al techo.

Una vez a solas, recordé que no había cenado. Rebusqué en mi bolso y encontré unas galletitas sobrantes del viaje en tren. Sin sacar nada de la valija, me desvestí y me metí en la cama. Me cubrí con la sábana, para sentirme protegida, aunque el calor hizo que pronto se me pegara a la piel. Cuando terminaba de acomodarme, metí una mano bajo la almohada y encontré un pañuelo, arrugado. Lo tiré tan lejos como pude y me dormí.

Las campanas de una iglesia que repicaban furiosamente me despertaron a las seis. Ya era de día, pero ni siquiera quise confirmar la hora con el reloj.

Hundí la cabeza bajo la almohada y volví a quedarme dormida. No quería pensar, ni recordar, ni ser consciente de mi existencia. Sólo quería un sueño sin sueños, ni imágenes, sin pasado y sin futuro.

La depresión es un país desolado. Uno puede caminar por horas y días sin parar y no encontrar a nadie. Tampoco alimento, ni un refugio contra el frío o el calor. Uno termina por acostumbrarse a esa desazón que empieza a parecer la vida entera; es el mero acto de seguir existiendo, misteriosamente, día a día, sin una razón, ni una meta, ni un buen motivo para llegar a la siguiente alborada. Los actos se vuelven mecánicos, mínimos, utilitarios. Los placeres pierden el sentido que una vez tuvieron y uno se pasa el tiempo hurgando en la inmensidad, aún más desértica, de la mente propia, intentando encontrar la ruta perdida, algún trazo humano, algún oasis en la distancia. En un principio uno se pregunta cuánto durará, como deben preguntarse los náufragos, en su balsa, en el medio del mar. Y se mantendrá la esperanza de creer en los que dicen que el tiempo todo lo cura. Luego, la pregunta pierde su estatus como tal y se convierte más bien en una afirmación, o en una cansada frase con puntos suspensivos. Es entonces cuando aparecen las huestes de indígenas, dueños del desierto, se apoderan de nosotros y nuestra debilidad, y nos convierten a su propia y extraña religión. Es ese el punto crucial, donde uno tiene la última oportunidad de *encajar*, o serás un *misfit* por el resto de la vida.

Sin saberlo, mi viaje a Venecia era el boleto de ida, el viaje iniciático que usaría para tomar uno u otro camino. Esa primera noche, ingenuamente, dormí

como un tronco, por primera vez a salvo de las miradas
y las manos de quienes me esperaban en casa.

(piazza San Marco)

Por la mañana desperté de súbito a causa de los estrepitosos golpes en la puerta. Recordé penosamente dónde estaba. Los golpes se habían detenido. Estaba empapaba de transpiración, pero la modorra era muy fuerte. Y me poseía esa languidez que acompañaba mis despertares y tenía tanto que ver con la utilidad o razón de salir de la cama. Pensé que tapándome la cabeza con la almohada evitaría decidir qué hacer, pero los golpes se repitieron y esta vez, luego de un chirrido, la puerta se abrió.

—*Ad alzarsi!* —escuché, en poderoso italiano.

No se me ocurrió desobedecer, y asomé la cara por entre las sábanas. Una matrona de enormes proporciones se dirigía velozmente a la ventana y descorría las cortinas. Los rayos del sol terminaron la tarea.

—*A fare colazione!* —siguió—. *E una bella mattina ed é hora di far colazione!*

Escuché las campanas redoblando y pensé que tal vez era domingo y había que ir a misa, pero no me animé a preguntar. Mientras la mucama cambiaba toallones y vaciaba tachos de basura, me vestí con lo primero que encontré en la mochila. Unos shorts, una musculosa y zapatillas. Me até el pelo y al mirarme al espejo quedé pensativa ante el reflejo de mi propio rostro. Piel blanca, ojos oscuros insertados en círculos del mismo tono, labios finos.

—*Scenderà?* —me apuró la mucama, exhibiendo una sonrisa amplia.

Asentí y salí del cuarto. Recordé el pequeño hall y las escaleras empinadas. El empapelado y el color de la alfombra perdían parte de su "lóbrego encanto" bajo la luz del día. El olor, más que a sopa era a guiso, y se hacía más fuerte al bajar los pisos. El desayuno, deduje pronto, se servía en el subsuelo, un tramo más de escalera desde la diminuta recepción. Me instalé en una mesita en un costado.

—*Buon giorno* —un mozo, alto y moreno, me alcanzó una panera con distintas facturas y me ofreció café.

El comedor tenía forma rectangular y techo en bóveda, con ladrillo a la vista. Parecía una catacumba, haciendo juego con la ciudad y su aire de muerte. Me pregunté si el día me haría sentir diferente. Mientras masticaba, observé a los otros comensales, por lo general parejas o familias, parloteando alegremente sobre mapas abiertos o guías en las que se leía Venezia en distintos idiomas. El lugar mismo era una torre de Babel, y el anonimato que eso me brindaba me dio cierta seguridad. Aún no estaba convencida de los pasos a seguir. Tenía, es verdad, una misión que cumplir. Pero la sensación de pérdida que la muerte del Abuelo dejó en mí me alertaba contra futuros lazos afectivos. Así que permanecí en el salón, sorbiendo mi café e imaginando qué agradablemente distinto hubiera sido estar en ese mismo lugar con él, como tantas veces planeamos juntos. Tuve la compulsión de volver al cuarto y meterme entre las sábanas, limpias y secas, de nuevo. Y olvidar. Los otros huéspedes se habían retirado ya, urgidos como cualquier turista occidental por ingerir información y validar el dinero invertido... hasta el turismo es una puta carrera de ratas.

Recurrí a las ajadas postales que el Abuelo me regaló, como un presente secreto, para mi mayoría de edad. Un pasaporte a su pasado y mi herencia. Un pacto de sangre entre los dos. Eran en verdad pequeñas y contenían fotos en blanco y negro. La vida a color pierde a veces la poesía de los colores binarios. Conocía las imágenes de memoria, pero igualmente me quedé observándolas en detalle. *"Dogana di mare"*, decía una de ellas. El comienzo de mi estadía sería la aduana, me divirtió la ironía de volver a la frontera para comenzar el viaje real.

En recepción me apropié de un mapa desplegable que encontré sobre el mostrador y salí. Afuera, la callecita angosta no me dijo nada. Abrí el mapa para saber cómo manejarme. Los mapas siempre me daban esa sensación de orden, de universo plano, de selva ya colonizada por antiguos exploradores, de sitio seguro, marcado y remarcado por generaciones de prolijos cartógrafos. Las líneas azules marcando los canales no me produjeron más que un lejano resabio de angustia. Aunque el Gran Canal era una zona con demasiado azul, era necesario cruzarlo si quería ver la Dogana desde el punto de vista de la foto, es decir, de enfrente. Busqué las marcas de los puentes. Increíble, a lo largo de semejante río serpenteante sólo existían tres, y para todos debía desviarme... Irónico, que el Abuelo hubiera sido marino y yo, su nieta preferida, tuviera fobia al agua. Quizás me armaría de coraje para subirme a uno de esos *vaporetti* que atravesaban la ciudad. Quizás esperaría un día más, a sentirme más en casa.

Me lancé a las calles venecianas, y enseguida noté la cantidad de turistas que aparecían y desaparecían por cada enigmático recodo. El lugar seguía provocándome ahogo, las calles demasiado estrechas, orientadas sin ton ni son, sin nombres ni carteles. Las ventanas de las casas ofrecían en su mayoría gruesas rejas de hierro negro. Y en cualquier momento uno corría el riesgo de terminar en el agua, porque no necesariamente el puentecito estaba alineado con la calle. Me detuve en uno de esos puentes, recordando anécdotas escuchadas, y miré las paredes a pico sobre el agua amarronada, que olía a estancada. No había veredas, las puertas daban al canal como si fuera de asfalto, y en lugar de autos estacionados se veían lanchas o botes. Pese a los colores alegres, naranja y amarillo, el efecto de la humedad descascaraba la pintura dejando a la vista cemento o ladrillo. Como un cordero, y presa ya del calor y el cansancio de haber olvidado por qué me movía, seguí a un grupo de turistas americanos que, rubicundos y felices, estropeaban el efecto italiano convirtiendo Venecia en tierra de nadie.

Quedé atrapada en la marea humana en el momento en que otro grupo de turistas, esta vez japoneses, confluyó desde algún recoveco inesperado. Al principio me sentí atrapada, quería salir de entre ellos, pero no lograban entenderme. Nunca he podido ser lo suficientemente brusca en estas situaciones, temo con exageración la reacción de los demás, no herir sus sentimientos, sin importar que sean perfectos desconocidos a los que jamás volveré a ver. Así que me resigné a seguir su rumbo; y, de alguna forma, me sentí protegida, como si fuera un personaje famoso en medio de su guardia personal.

El agua, por otro lado, me inquietaba de manera desmedida. Era un monstruo aletargado, enjaulado entre elevados edificios góticos, lamiendo sus puertas como una mascota entrenada. Pero era un animal de poder ilimitado, que en cualquier momento podía sublevarse y desaparecernos, diminutos humanos, de la faz de la tierra. Una ciudad sobre agua, a quién puede ocurrírsele algo así.

La turba de sonidos múltiples se desplazaba alegremente por las angostísimas callejas, riendo y expresando su asombro ante el laberinto de pasajes, los diminutos puentes, las infinitas iglesias, que parecían crecer en donde uno depositaba la mirada. En breve, yo no tenía idea en dónde estaba, ni para dónde quedaba el Gran Canal, mucho menos el hotel. Mientras transitaba dentro de la ecléctica serpiente humana, me quedaba prendada de ciertas ventanas alargadas, de algunas puertas de madera, de negocios polvorientos, ajenos al concepto del turismo. Me preguntaba cómo sería vivir en la isla. Lidiar todo el tiempo con el agua, la falta de orientación en las calles, la imposibilidad de bajarte de un taxi frente a tu puerta. Y qué del invierno, en un lugar donde la humedad volvía imposible guarecerse del frío y la lluvia.

Perdí el sentido del espacio y el tiempo. No tenía reloj ni me animaba a preguntar la hora. Sólo sabía que a medida que nos adentrábamos en la isla, mi sensación de hastío se alejaba y empecé a caer en la cuenta de cuán lejos estaba de casa, por primera vez. Supe que la clave era concentrarse en lo que veía, los detalles, el colorido local. Para entonces el sol estaba alto y mi estómago, últimamente tan oprimido, dio paso a aquella antigua sensación de hambre. Aquellos que me rodeaban, observé, devoraban sándwiches y sorbían botellitas de agua mineral sin dejar de caminar ni siquiera para abrir los envases. Debía escapar, o me pasaría todo el día correteando enjaulada, hambrienta y deshidratada.

No fue necesario. Llegamos a una zona donde las callecitas seguían siendo estrechas, pero estaban inundadas de negocios. Máscaras de carnaval, plumas de cristal, relojes, ropa de diseñador. Cada ceniciento negocito exhibía lo suyo, y los atareados turistas se detuvieron, por fin, hechizados por las vidrieras. Me vi libre. Libre del paso marcial pero también de la protección. Me dirigí hacia un puesto callejero. Compré un sándwich enorme y una Coca, y los engullí en el mismo lugar. El vendedor me sonreía al tiempo que repetía, *"Panini buono, eh?"*. Yo asentía e intentaba sonreír sin dejar de masticar. Por fin suspiré.

Una excesiva pereza se apropió de mi cuerpo y alma. Una indolencia agradable me recorría de pies a cabeza. Sin embargo, sospechaba que volver al hotel para una siesta sería tan complejo como acercarme a mi destino. El Abuelo, recordé, me habló de los cafés de la Piazza San Marco, donde se bebía el mejor café del mundo. Abrí el mapa. Ver el azul del agua me puso alerta. Casi lo tenía olvidado, la vigilancia sofisticada del líquido rodeándome, escoltándome, impidiéndome olvidar mi misión. Estaba tan absorta en los diminutos carteles con las calles, que no vi acercarse al puestero, con su inmensa sonrisa. Aproximó sus ojos miopes al mapa, hizo un gesto de comprensión, y depositó su gordo dedo en un punto en el justo medio del Gran Canal. Le agradecí para que se alejara, contento de haber ayudado a una turista en apuros, pero en realidad no entendí a qué se refería. No veía el Gran Canal por ningún lado.

Por primera vez en mi vida, dejé que la intuición me guiara —yo, que siempre seguía órdenes. De hecho, sentía la humedad cada vez más poderosa, señal de que estaba cerca. Doblé por una calle ensanchada, repleta de negocios y turistas y de repente vi que la masa humana se elevaba como por una loma. Me acerqué, hipnotizada por lo que parecía un animal gigantesco, pero a su vez doméstico, y descubrí que se trataba de un puente, que se elevaba con elegancia sobre las aguas oscuras del Gran Canal. "El Rialto", musité. Me fui acercando, maravillada ante la variedad de gente y objetos que engullía mi mirada. El ambiente semejaba aquel de un mercado persa. Compradores, vendedores, mercancía, dinero, podía sentir el metálico olor de los billetes y la delicada humedad de las monedas al pasar de palma en palma. Algunos negocios tenían su vidriera ataviada en dorado y negro, ofertando relojes carísimos o adornos tallados en cristal. Los más, sin embargo, ganaban la senda que corría por el mismo centro, y se mezclaban con los paseantes, los vendedores incitando en su tintineante dialecto a los caminantes, aprovechando el momento de embeleso, la urgencia de acaparar un pedacito de lo que veían y llevarlo a casa, un *souvenir* del extremo de Europa, donde los rostros y las construcciones ya no eran tan occidentales. Ni tampoco los hábitos.

En la parte más elevada del puente, justo donde se empieza a curvar, llegué a un portón sin puerta, por donde los curiosos se deslizaban para luego desaparecer. Me asomé, y noté que había como una calle paralela, de puente verdadero, desde donde se veía el Gran Canal zigzagueando hacia el horizonte. Un poco molesta por la imposibilidad de evitar el contacto con los otros, logré tocar la balaustrada, ubicarme junto al cemento que separa al observador del agua. Inmediatamente me mareé. Respiré hondo y cerré los ojos pero debí aferrarme con fuerza para no precipitarme en las tranquilas aguas. No supe calcular cuántos metros había entre mi posición y la superficie. Pero mi percepción era la de estar parada al borde de un abismo infranqueable, donde cualquier irregularidad en mi palpitar me enviaría de cabeza. Me figuré que el puente era como un aparato flotando sobre el vacío, y la conciencia de ese estado de flotación me aterró el alma. Rápidamente, gané la otra orilla a base de codazos y pisotones. Sólo la desesperación consiguió que yo desoyera tantas imprecaciones.

Cuando pisé la otra orilla, el pánico se desvaneció, dando paso a una gloriosa sensación de gratitud. Me detuve, jadeando, entre la multitud de extraños, y las lágrimas empezaron a borronearme la vista. La autocompasión me invadió, me sentí vulnerable, frágil y perdida. Pronto supe que eso era lo que me había pasado la mayor parte de mi vida, solo que la diabólica ciudad-sobre-el-agua lo estaba poniendo al descubierto, me estaba empujando al colapso público, a la vergüenza desnuda, desde donde uno no puede olvidarse jamás de lo visto.

Por fortuna, respirar es algo que no estaba en mis manos detener, y tras el llanto y el jadeo sucedió una calma inesperada. Me soné la nariz, me sequé los ojos, tomé una bocanada de aire, y noté que todo seguía ahí, exactamente igual que si nada me hubiera sacudido. Los turistas continuaban caminando y parloteando, absortos en sus mapas y los paraguas coloridos de sus guías; los vendedores seguían pendientes de la próxima presa; hasta el agua del canal permanecía impertérrita, lamiendo las orillas descascaradas. ¿Sería verdad mi intuición? ¿Era Venecia una ciudad-cementerio, con todos sus habitantes muertos, almas en pena condenadas a pasar la eternidad buscando la salida en ese laberinto, como en un cuento de Ray Bradbury? ¿Estaba muerta yo también?

Me forcé a seguir caminando. El calor, el ruido, la gente, la cercanía del agua y la falta de horizonte me agobiaban, y aún no me acostumbraba al precipicio que seguía a mi intimidad con la depresión. Durante meses estuve atrincherada en casa del Abuelo, recorriendo una y otra vez su habitación, su cuarto de trabajo, su rincón de los recuerdos, la cocina donde tomábamos mate y hablábamos de sus viajes. Entonces era fácil controlar la avalancha de sentimientos que se desencadenan luego de una pérdida. La silenciosa depresión era sólo un hall en penumbra, una sala de espera. Seguía la amarga indiferencia, un túnel subterráneo coronado por tubos de luz fluorescente. El pánico, la imposibilidad de mover un solo músculo del cuerpo. El sollozo, la felicidad ínfima de haber vuelto a escapar a la muerte. Y el cansancio demoledor que marca el final y da pie al renovarse del ciclo maldito. Era el momento de meterse en la cama. Sin embargo, allí estaba, en donde soñé tantas veces viajar, irónicamente deseando volver a las cobijas uterinas de mi cama y no en camino a la *piazza*.

Por fin descubrí unos carteles desprolijamente colocados en algunas esquinas que, con una flecha críptica, indicaban cómo llegar a San Marcos. Aún no sabía cómo iba a volver, pero me animó pensar que pronto encontraría un lugar donde sentarme y ordenar mis pensamientos. Me arrastraba como un insecto lento, y transpiraba hasta sentir que la ropa y mi piel eran una sola capa. Así también sentía el alma. Diminuta y húmeda. Cuando intento recordar lo que vi en esas calles previas a desembocar en la *piazza*, no logro reconocer nada. Sólo la luz amarilla de sol cegador y la necesidad imperante de llegar a destino. La verdad era que no tenía idea de cómo poner fin al dolor. Recordé que el Abuelo sugeriría que me concentrara en el *afuera*. Y eso intenté. Para entonces, la marea humana y yo desembocamos en la Piazza San Marco. Al menos, un enorme rectángulo de cielo abierto. Me sumergí de lleno y revoloteé entre la gente, las palomas y las cúpulas que limitaban el perímetro de cielo.

Busqué el Café Florian, me instalé en una mesa a la sombra, en medio de la *piazza*, y me entregué a mis sentidos. La orquesta a un costado empezaba a tocar una versión melódica de *As time goes by.* Imaginé al Abuelo, joven y bizarro, enamorando a Carla, la muy *veneziana donna* que se le cruzó apenas desembarcado. En cada lugar donde depositaba la vista veía una postal, mejor dicho: reconocía una postal de las que el Abuelo atesoraba en su rincón. Aquellas eran en blanco y negro, el color las realzaba, pero les arrebataba el romanticismo que también acompañaba sus relatos, que, ahora descubría, adolecían de idealismo nostálgico. Y un poco empecé a sentirme en casa, o al menos, en un lugar familiar, conocido, como si fuera Alicia y hubiera entrado, en lugar del espejo, en una de esas fotos antiguas. De hecho, estaba tan confundida como ella por las reglas de este lado del mundo, tan diferentes de las que celosamente conservaba en casa.

El mozo interrumpió mis ronroneos de desarraigo y le encargué un cappuccino. Por fin mi mente me daba paz y entraba cuidadosamente en esos momentos donde las sensaciones ocurren en cámara lenta, adaptándose a los latidos de un corazón despacioso. De esa manera, eyectada al mundo sin nada más que antiguos relatos de un marino enamorado, me veía en situación de devorar todo conocimiento, toda experiencia que se me presentara porque empezaba a darme cuenta de que durante veintiún años había vivido en una caverna, con la nariz literalmente enterrada en libros, creyendo que serían buenos manuales para la vida. Qué sorprendida e injuriada me veía al comprobar mi error...

Mi cappuccino llegó en una taza de porcelana con borde dorado, espumoso y salpicado de poderoso olor a canela. Lo sorbí así, amargo y caliente, cerrando los ojos para conservar el momento en mis archivos del recuerdo.

En la euforia de mi descubrimiento, sumado a la energía de la cafeína, creí que todo estaba resuelto, y que además de cumplir mi misión, me convertiría en una aventurera como el Abuelo. Me estiré en la silla y observé mi entorno. La *piazza*, un enorme rectángulo cubierto de turistas y palomas, estaba enmarcada por edificios bajos, abarrotados de columnas, y por una galería que permitía mirar vidrieras a la sombra. Frente a mí se elevaba el *campanile*, un alfil puntiagudo y opaco, sencillo en comparación con la arquitectura gótica de la iglesia, que hacía las veces de escenografía. Casi llegando a la basílica, vi el reloj azul y dorado, con el simbólico león de Venecia en su cúpula. Y por supuesto, lo que más arrebataba la vista eran las descomunales torres de la iglesia, la Basílica de San Marco, inesperada invasión de oriente, sus cúpulas redondeadas y sus mosaicos dorados hacían pensar en *Las mil y una noches*. Así, una vez más reaccioné ante mi estar tridimensional dentro de una de las tantas postales del rincón de los recuerdos. Me había pasado la vida recorriéndolas en detalle y ahora, como en un cuento fantástico, veía las cosas desde adentro. Recostada en mi silla con vista preferencial, me adormecí pensando en cómo las cosas pueden resultar tan mágicas como para desdoblar lo que uno creía simple en infinitos vasos comunicantes. No pensaba mucho en el futuro, a qué dedicaría mi vida o cómo pasaría el tiempo. Hasta ese momento, trabajar en el negocio familiar y cuidar del Abuelo ocuparon todo mi tiempo. Ahora que el Abuelo había muerto y mi familia parecía prescindir de mí, me hallaba súbitamente libre e irremediablemente sola.

Por fin empecé a sentir el cansancio de tanto paseo físico y mental y me paré para echar un vistazo a la foto de la postal. Caminé por entre la gente y las palomas, la música y las cúpulas doradas, y me asomé entre las columnas que demarcan el límite de la *piazzetta* con el canal. Me quedé rígida ante la imagen de las góndolas, negras y mortuorias, meciéndose lentamente junto a la orilla. Los viajes del día parecían haber terminado, pese a que el sol apenas comenzaba a bajar. Los *gondolieri*, de sombrero y remera a rayas, charlaban y se reían, fumando en las escalinatas que bajaban al agua. Ellos se trepaban cada día a los diminutos féretros para deslizarse por las ávidas aguas de los canales, armados con tan solo una pértiga. Pese a todo mi coraje redescubierto, aún no me animaba a desafiar las inocentes olas.

Desde el borde de la *piazza*, di finalmente con la Dogana di Mare. Brillante bajo los rayos del ocaso, retando al mar con su afilada punta incrustada en el líquido, parecía una bandera flameante de triunfo. Me pregunté qué habría visto el Abuelo cuando adquirió su postal. La saqué de la mochila. No tenía ninguna inscripción en la parte de atrás. Quizás —sólo quizás— no debía empecinarme por descubrir los secretos de su pasaje por esa tierra, sino tan sólo hacer mi experiencia, para que algún lejano descendiente mío, a su vez, viniera a desentrañar los míos. Cuáles secretos sembraría, si hasta ahora me consideraba la persona más transparente del planeta. Suspiré. No podía responder todas las preguntas en un solo día. E inicié la vuelta.

(tucci´s)

Atesoré cada segundo de los años pasados con el Abuelo; él, refaccionando juguetes desvencijados en su cuartito de la terraza; yo, mirándolo embelesada, y a veces alcanzándole herramientas, como una enfermera a un cirujano concentrado. Su persona irradiaba esa placidez que era imposible de encontrar en el resto de la familia. A esa altura yo empezaba a tomar conciencia de ese poder —o maldición— que hacía que pudiera sentir lo que el otro con sólo estar a centímetros. Inexplicablemente me sumergía en estados de ánimos imprevistos y bruscos, para los que no estaba preparada. Y como luego de una inyección o de una pócima, la sensación se extendía por todo mi cuerpo y nada podía hacer al respecto hasta salir de la zona de influencia. El Abuelo fue el único en descubrir mi habilidad y también el que me enseñó trucos para aprender a sobrevivirla e incluso sacar provecho de ella. Un buen día entendí que heredé esa característica de él, y que éramos, de nuestra extensa parentela, los que la poseíamos. De ahí que él se sintiera en parte responsable de comunicarme cómo había logrado someterla.

Eso me ayudó a entender, todavía mejor, el mito que giraba en torno a su aislamiento voluntario. Sabía, producto de incontables anécdotas familiares, que se negó a trabajar en el negocio familiar cuando se lo exigieron al cumplir los dieciséis años y se escapó en un buque mercante a viajar por el mundo. Que conoció a una mujer en Venecia que lo sedujo y lo obligó a quedarse con él durante un año. Que por alguna razón ignota volvió a Buenos Aires envejecido prematuramente, con la piel morena y agrietada de los marineros y la mirada apagada para siempre. Accedió a casarse con ella; pero casi enseguida del nacimiento del primogénito, mi padre, comenzaron los amoríos, dando como resultado un escándalo familiar. La historia entonces se enturbia, porque al parecer la abuela y el Abuelo se pelearon y reconciliaron en infinitas ocasiones. El Abuelo siempre se mantuvo a un costado del restaurant, para disgusto y enojo del resto de la familia. Se dedicó a reparar juguetes. Era esto, y no sus oscuras aventuras, lo que me atrajo de él y me llevó a quedarme las horas tendida a su lado, mirando al principio y ayudándolo después.

El cuartito de la terraza era una zona de la casa —y por qué no, del mundo— donde las categorías de espacio-tiempo parecían suspenderse. El tic tac del reloj no se escuchaba y uno podía creerse que habitaba cualquier parte del planeta —o incluso del cosmos. Era apenas un rectángulo estrecho y alto, de paredes cubiertas de estanterías que cobijaban mil y una cajas, tarros, pinceles y herramientas. Era un taller repleto de elementos combinables, pero con la ventaja de que las posibilidades de mezcla eran infinitas. Una vez perdida mi timidez original y adaptada a las reglas del microambiente, empecé a dejar volar mi imaginación y creaba todo tipo de artefactos monstruosos a partir de los contenidos de las cajas. Aparte de lo necesario para coser, pintar, enmendar y remendar, tenía a disposición ojos de vidrio de distintos tamaños y colores, pelo de muñeca, espuma de goma, hilos de todo grosor y tono, botones, telas de texturas infinitas, ruedas y rueditas, diminutas partes de autos, aviones y otros medios de transporte menos convencionales, muebles liliputienses, empapelados y alfombras para casas de muñeca... Nunca conseguiré recordar con exactitud todo lo susceptible de ser hallado en esa habitación mágica, pero mi favorito era el rincón que denominábamos "El triángulo de las Bermudas", o sea, donde iban a parar todos los objetos —o partes de objetos— incapaces de encajar en alguna categoría existente. Podía pasarme tardes enteras intentando determinar de dónde venía algún desteñido triángulo de vidrio rojo, o bien, qué nuevo uso se le podía dar. En muchos casos lograba hacer que el Abuelo incorporara alguna de esas excentricidades en una de las entregas y luego me sentía feliz de hacer de ese algo relegado un componente cotidiano de este mundo incomprensible.

El Abuelo se pasó años arreglando juguetes, y cuando comenzó la era de los juguetes importados y desechables, sus antiguos clientes empezaron a traerle todo tipo de objetos que necesitaban algún tipo de reparación. Eran en su mayoría adornos con características similares a los juguetes, objetos aparentemente sin utilidad, creados para el placer simple de su simple existencia. Misteriosas cajitas de música, vulgares portarretratos y lámparas polvorientas ocuparon la mesa de trabajo, pero nuestra rutina continuó. La paz que disfrutaba en esas tardes provenía ante todo de la falta de necesidad entre nosotros de mantener diálogos elaborados sobre necedades tales como lo que hacía en el colegio, si tenía amiguitos, si me gustaba el circo o las canciones de Pipo Pescador. El Abuelo solía hablar poco, en general para pedir alguna herramienta o consejo sobre colores —aunque nunca lo admitió, yo sabía que era daltónico— y yo, por mi cuenta, disfrutaba del silencio y a veces pedía alguna anécdota relacionada con los objetos que revolvía. Eso sí, al final del día todo debía volver a su caja o tarro, por muy cansados que estuviéramos.

Curiosamente, nuestra relación fuera del cuartito era tan casual como la de parientes lejanos, o compañeros ocasionales de colectivo. No era el abuelo estereotípico de las películas. Era alto, extremadamente flaco, huesudo, poseía una mirada oscura y pelo que nunca terminó de emblanquecer. Nunca usó anteojos ni bastón, y casi nunca sonreía. Un día descubrí que se parecía mucho a Marcel Duchamp, el artista, y en ese entonces tracé incontables planes para comprobar si estaban relacionados por sangre. No los llevé a cabo, me conformé con la posibilidad mágica de que el parentesco existiera...

De chica, mis idas a su casa estaban por supuesto supeditadas por mis padres, que me ponían mis mejores ropas para la ocasional visita. Almorzábamos en el comedor, que no se usaba más que para festejos, y todos se comportaban de manera muy educada, pero yo notaba que mi padre se desabrochaba un botón de la camisa en cuanto poníamos un pie afuera y mi madre, por lo general locuaz, se mantenía callada durante el viaje de regreso. El Abuelo era el único de la familia que vivía fuera del perímetro que rodeaba al restaurant, y era quizás por eso que yo percibía esas visitas como viajes extraordinarios.

Mi infancia transcurrió en el barrio de Palermo, donde se funde con Almagro. El restaurant de la familia quedaba en una cortada de apenas una cuadra, una calle arbolada y pacífica. Y todos mis parientes vivían en un radio de cinco cuadras a la redonda. El restaurant no era sólo el lugar de trabajo, sino también punto de reunión y tema de charla de cualquier encuentro familiar. Me crie entre ollas, sartenes e inmaculados manteles blancos. No era un restaurant caro o exclusivo, pero tampoco una fonda. La especialidad era la comida italiana; y mis tíos se turnaban en producir soberbias pastas y deliciosos postres. Me pasé la vida en un peligroso equilibrio entre la falta de apetito y la dispepsia. Cuando crecimos, mis numerosos primos competían por ver quién heredaría el puesto de chef, mientras las demás ocupaciones tediosas serían para los menos aptos. Transité la adolescencia lavando platos o atendiendo la barra, mi timidez nunca me permitió llegar a ser moza y mi franca torpeza para la cocina me incapacitó para ser cocinera.

Fue cuando tenía doce años que estalló la epidemia de sarampión, y como de milagro no me contagié, me mandaron a lo del Abuelo, el otro único integrante de la familia que escapó a las ronchas. Fue entonces que nos volvimos inseparables. La calma que reinaba en casa del Abuelo me semejó el paraíso, y una sensación de estar a salvo de mis padres y hermanos. Más que a salvo, fuera de su alcance. Ahora, lo que hiciera o dejara de hacer con mis estudios o mis prácticas de cocina ya no le interesaba a nadie, podía tejer y destejer a mi antojo.

Durante los primeros días, el Abuelo no sabía bien dónde ubicarme. Me preparaba el desayuno, me mandaba al colegio, me esperaba con el almuerzo y después me dejaba librada a mis propios medios el resto de la tarde, y él se encerraba en el cuartito de la terraza, territorio aún virgen para mí. Estar alejada de tanto ajetreo social como el que vivía, continuamente rodeada de familiares y clientes del restaurant resultó una bendición para mí. Pero tampoco me quedaba viendo tele toda la tarde. Pedí permiso para revisar el gran placard que ocupaba casi toda la sala y me pasé tarde tras tarde desempolvando libros. El Abuelo tenía sus manías, y una de ellas era coleccionar ediciones de kiosco. No sé qué cantidad tenía ahí dentro. Se trataba de estantes y estantes cubiertos de ediciones baratas, prolijamente ordenadas por colección y volumen. Los temas eran de lo más variados: arte, jazz, literatura, policiales, ciencia-ficción, manualidades. De más está decir que me convertí en una lectora voraz. Me provocaba una extraña voluptuosidad tomar un volumen, sumergirme en este durante horas y devorar los datos o anécdotas que encontraba en él. En mí existía toda una mística sobre los libros, un poderoso fetichismo que me hacía querer palparlos, olerlos, y apropiarme de todos y cada uno de ellos. Una vez dentro de una novela o un ensayo me sentía contactada con la voz narrativa del mismo modo que me sucedía con la gente si me acercaba demasiado. La diferencia era que podía imponer mi ritmo y mi distancia; y convertirlo en un universo repentinamente sosegado y pacífico, donde podía tomarme el tiempo necesario para digerir cada sentimiento o información.

Ahora bien, el conocimiento que ingería era tan variado y ecléctico que empecé a acumular preguntas —al fin y al cabo, era sólo una niña. Fue así que me acerqué al taller del Abuelo y me senté en un rincón, esperando siempre el momento oportuno para preguntar. Pero él parecía estar absorto en su trabajo, y no me animaba a interrumpir.

Con el tiempo, me fue pidiendo ayuda, y los diálogos imaginarios que repasaba en mi cabeza perdieron importancia. Desde ese entonces, aun cuando se derrocó la epidemia y volví a mi propio hogar, tomé la costumbre de pasar todas las tardes de la semana en casa del Abuelo. Hubo, como era de esperarse, ceños fruncidos al respecto. Pero yo, que en general no discutía, me planté en mi decisión, y terminé ganando por cansancio. Creo que ellos también se imaginaron que tarde o temprano inevitablemente seguiría los pasos del Abuelo.

A partir de ese momento, el Abuelo me esperaba después del almuerzo con una enorme sonrisa en su cara ajada y puedo decir sin temor a equivocarme que eso le cambió la vida. Y a mí, que era una más dentro de la *troupe* familiar, el ser su nieta especial me formó como individuo y me enseñó cómo delimitar mi yo frente a tanta invasión de la manada.

Cuando empecé la escuela secundaria estaba llena de esperanza respecto al conocimiento que iba a adquirir. Tenía tal mezcolanza de datos y temas en mi cabeza que silenciosamente rogaba poder ponerlos en orden al estudiar las materias en detalle —a diferencia del primario, iba a tener una docena de materias distintas. Se me antojaba que mi mundo familiar entre el restaurant y la casa del Abuelo era sólo una fracción de la realidad, y que el pasaje de niña a adolescente, junto con las enseñanzas del segundo ciclo, me conectaría con el mundo exterior.

De más está decir que me equivoqué por completo. Durante los meses iniciales de primer año tomé apuntes con diligencia y devoré libros de texto enteros en busca de respuestas, atajos, mapas de la realidad desconocida y excitante. Mi timidez me impedía increpar a los profesores en mitad de las clases cuando notaba que lo que repetían monótonamente eran leyes y reglas memorizadas que hacía rato habían perdido su sentido, aisladas de otros contextos. Y así era cómo me sentía yo. Un organismo aislado de los otros —mis compañeros— intentando comprender mi funcionamiento en el mundo, pero impotente ante la falta de comunicación con el resto del sistema. Nadie parecía darse cuenta de que éramos parte de un Todo que tocaba investigar, dado que las fuerzas que nos influenciaban y hacían que obráramos de una u otra manera nos eran aún desconocidas. Ni qué decir que el simple hecho de sacar estos temas de conversación a colación con mis compañeros me convirtió en muy poco tiempo en una *nerd*, el personaje extravagante de la clase.

Fue entonces cuando desarrollé una habilidad innata para pasar desapercibida. Siguió el aburrimiento. Y las alergias, mal emblemático del siglo que usurpó el lugar de las jaquecas de siglos anteriores. Mi cuerpo empezó a rebelarse misteriosamente y a estallar en dolores de cabeza, sinusitis, problemas para respirar, fotofobia, apnea, eczemas y súbitas inflamaciones en lugares estratégicos. Comenzaron como aparentes gripes, que me permitían quedarme en casa a leer lo que se me antojara, y siguieron con infinitas visitas a todo tipo de médicos para determinar la causa y la cura. Todos ellos terminaban por esgrimir una mirada escéptica y hacer preguntas como: "¿Hacés terapia?" o la favorita "¿Te gusta lo que hacés?", ante lo cual yo me desgañitaba intentando que comprendieran mi imposibilidad, cualquiera fuera la causa, de poner orden en mi cuerpo.

Las semanas y los meses se apilaron y yo encontraba ratos de bienestar sólo para visitar al Abuelo y ayudarlo en su trabajo, o introducir furtivamente sus libros esotéricos en mi casa. La batalla con mi cuerpo era, sin embargo, feroz, y muchas veces pasaba horas durmiendo como resultado del agotamiento resultante. Experimentaba al mismo tiempo que todas las explosiones biológicas, un vacío espiritual que se ahondaba día a día. Nada me llenaba ni me convencía y sentía cada vez más la necesidad de una fe, no necesariamente religiosa, pero sí con suficiente estructura como para ordenar mis pensamientos y modelo de vida en ella. Lo que mi familia me ofrecía, el trabajo incesante para el restaurant —y las idas a la iglesia los domingos—, me resultaba mezquino y egoísta respecto a mi verdadera sed de comprender el universo. Nada me indicaba en los demás que el paso del tiempo calmaría mis ansias o me daría la paz de la resignación.

No supe utilizar la enfermedad para mis fines. De hecho, antes que fingir preferí enfermarme, y así acumulé faltas suficientes para quedarme libre. Desde entonces, hacía lo que quería con mi tiempo, siempre y cuando rindiera, cada tanto, alguna de las materias que debía. Pan comido. Con los años, ni siquiera necesité enfermarme. Fotocopiaba los programas de cada materia, conseguía los libros en la biblioteca o en Parque Rivadavia, me encerraba un par de semanas a estudiar y aprobaba cómodamente. Los exámenes orales me ponían muy nerviosa, pero era un precio irrisorio ante el hecho de no tener que concurrir todos los días a fosilizarme en el colegio. Lo que más temía era convertirme en mis maestros, perder el brillo en los ojos, la curiosidad, las ganas de saber qué me deparaba el futuro...

Así transcurrió mi "secundario". Nadie me insistió para que volviera a clases. Mis padres juntaban los papelitos con los nombres de las materias aprobadas y ese fue el *modus operandi* de ahí en más. Con los años ni siquiera reclamaron ver los papelitos y yo, convencida de la inutilidad de tener el colegio aprobado, me dejé estar. Por las mañanas dormía, por las tardes trabajaba con el Abuelo y a la noche en el restaurant. Me desvelaba ayudando con las cuentas o tomando café o licor con alguno de los mozos. Nunca me acostaba antes de las cinco, en verano, muchas veces, ya despuntaba el día. Hubo momentos en que todos y todo parecían convencerme de que moriría en el negocio familiar, que tarde o temprano me haría cargo de alguno de los puestos importantes, me encariñaría con lo que "era mío" por herencia, me casaría con alguien del ramo y comeríamos perdices. Hubo otros cuando entraba a desesperar de la vida monótona y aburrida que se apilaba frente a mí como un montón de rejas y ladrillos y caía bajo el ataque de alguna nueva alergia. Como las estaciones, estos ciclos se repetían cadenciosamente, excepto que mi frágil memoria no aprendía nada de tal recursividad.

Un día de otoño las cosas cambiaron drásticamente. El Abuelo sufrió una hemiplejia y nada volvió a ser igual. Yo misma lo encontré, hecho un guiñapo en el suelo del patio, incapaz de articular una palabra y con el cuerpo tembloroso. Llamé a una ambulancia y al restaurant. Mis padres y mis tíos contestaron la llamada y me rogaron que no me moviera de ahí. No sabía si cambiar de posición al Abuelo sería para mejor o peor, no sabía a ciencia cierta qué fue lo que ocurrió, así que me agazapé a su lado y conté. Había descubierto que los números me tranquilizaban, en su universo de abstracción. Al llegar a la tanda final del seiscientos llegó la familia, seguida del aullido de la ambulancia. Luego, el caos. Gente, voces, instrumentos, el pobre cuerpo del Abuelo escrudiñado y arrastrado y subido a una camilla, para desaparecer rodeado de su cohorte de extraños. Horas de espera, hospitales grises con olor a comida rancia y lavandina, la fatiga de lidiar con médicos indiferentes y la propia familia, un atado de nervios. Para finalmente encontrarme de nuevo con el cuerpo agarrotado del Abuelo, en su cama de habitación pulcra y privada —lo que el dinero puede comprar en esos casos, el confort—, los ojos gelatinosos, casi sin vida y la mitad del cuerpo inmóvil.

"Hemiplejia", se escuchaba susurrar a la familia. Ahora habría que ocuparse de él, leía en sus rostros agraviados. Meses de turnarse junto a su lecho, alimentarlo y limpiarlo como a un bebé, pero sin la esperanza del aprendizaje. No hubiese sido mejor un infarto, el corazón súbitamente detenido, la inconsciencia de la cercanía de la muerte... No dudé. "Yo lo cuido", pronuncié con voz alta y clara, pese al nudo de angustia que me atenazaba la garganta cuando veía el cuerpo del Abuelo en manos de sus parientes, el peor castigo que podía imaginar.

¿Semanas?, ¿meses? ¿Expectativa de vida?, ¿drogas? Una parte de mi cerebro recolectaba esa información para algún uso posterior, el resto se desgañitaba en reestructurar mis horarios, mis prioridades, mi vida futura. ¿Una pendeja a cargo de un anciano hemipléjico, postrado en espera de la muerte? ¿Un ambiente tan malsano, el ocaso de una vida? Presencié reacciones de todo tipo y color. Mi padre y sus hermanos atrincherados de culpa, deshaciéndose en reverencias al padre. Monólogos apelmazados de sentimentalismo de aquellos que "no supieron comprenderlo ni valorarlo". Daría lo mismo que estuviera en coma, o muerto. Cuando estabilizó, fue trasladado a su casa y yo me mudé con él y la enfermera diplomada que exigió la familia.

Lo más penoso fue convivir con el espíritu del Abuelo, apagado y aparentemente vencido. Inicié una rutina de lectora, me sentaba junto a él y recitaba lo que caía en mis manos, la mayoría eran sus propios libros de kiosco, pero también incorporé hallazgos propios, libros rescatados de las librerías de Corriente. Sabía que podía comunicarse conmigo, aunque sea a duras penas, pero no insistí porque su expresión para conmigo tenía la franqueza del hartazgo. El Abuelo ya estaba instalado en la sala de espera de la muerte. Y de entre todas las personas que lo rodeaban, yo era la última en querer pedirle cuentas. Después me pregunté si hice bien, si pinchándolo hubiera conseguido la versión real de su vida, de su encierro, de su tristeza. Lo que ocurrió en la mística Venecia de sus relatos de marino, lo que lo hizo volver y llevar una vida que, a todas vistas, no lo satisfacía. Por el momento regentaba las visitas, la enfermera, sus lecturas y su sueño.

Pero no sabía nada de la vida, mucho menos de la muerte. El Abuelo se fue reduciendo a un ser escuálido sin peso ni sombra. Desesperada, tuve una idea que pensé serviría para inyectar algo de aliento en el cuerpecito exánime. Conseguí libros, guías, fotos de Venecia para mostrar y leerle al Abuelo. Al principio, conseguí sonrisas torcidas, tristes, aunque con algún destello de interés. Luego, en medio de áridos pasajes sobre la historia veneciana o los festejos del carnaval, vi de reojo cómo se adormecía, literalmente, intentando no escuchar. Acaso mis palabras sólo lo lastimaban más. Cerré los libros y recalé en el silencio, en el ordenamiento diario de aquello que requería mi mano, en mi presencia solícita y constante arrastrándose por la casa como un fantasma en pena. No entendí hasta el día en que dejó de respirar que nada podía detener el proceso que él mismo disparó. Mucho menos una adolescente introvertida e inoperante en una familia que intentaba reducir el cosmos a un restaurant.

Murió aferrado a una postal de Venecia, en blanco y negro. Mi espíritu acomodado al suyo durante largos meses se sublevó por el súbito abandono y perdí cierta inocencia respecto a mis propios poderes. Ahora estaba librada a mí misma. Había cumplido veintiuno y podía elegir qué hacer con mi vida.

(palazzo ducale)

Cuando por fin llego al hotel, me doy una ducha tibia y me enrollo en la cama, mojando la funda de la almohada con el pelo húmedo. Caigo en un profundo sueño, producto de la extenuante caminata. Me olvido de todo por unas horas. Y me despierto con una sacudida en medio de la noche, pero estoy tan *groggy* que no atino a prender la luz. Es un viaje en tren, una de esas veces que mi mente hiperquinética toma el control y no para, y mi pobre cuerpo consumido intenta seguirle el paso, e invariablemente entro en un seudoinsomnio donde todo lo que puedo hacer es abrazarme a una almohada, en posición fetal y contar. Pero esta vez no puedo evitar las imágenes desfilando en el limbo de tener los ojos cerrados y el cuerpo dormido pero la conciencia al palo. Las vistas desde la ventanilla, lejanas, sucias de polvo, acercándose y alejándose sin que pueda hacer nada para evitarlo; con mucho esfuerzo, tratando de dejarlas ir, de no aferrarme a ningún sueño tentador porque eso me tendría en vela durante horas. En este preciso viaje, en Venecia, soy meticulosamente consciente de que estoy sola, como nunca antes, en un hotel donde no se oyen ruidos, en una ciudad sobre agua donde no conozco a nadie, separada de todo lo que siempre me cobijó por horas de aviones y esperas en aeropuertos tristes alfombrados con colores oscuros. Rechazo la imperante necesidad de levantar el teléfono y llamar a mis padres, o de hacer la valija y estar lista a primera hora para tomar el primer vuelo a cualquier lugar que sea un poco más cálido que este puerto donde nadie realmente habita, sólo ocupa temporariamente. Y en la noche y el silencio acaparador de una ciudad llena de turistas que de noche duermen, la inmensidad del cosmos se me hace presente con más intensidad, como cuando era chica y me desvelaba saber que el infinito no tenía límites. Ahora al cielo oscuro y aterrador se unía el agua oscura y devoradora, y mi pobre ser atrapado en medio.

Caigo en otro semisueño donde desfilan las caras de mis parientes en la noche del velorio del Abuelo, pero cuando no logro reconocer los rostros me doy cuenta de que sueño y vuelvo a recuperar la conciencia de las paredes del hotel y mi cama húmeda de sudor y el calor que entra desde el afuera agobiante. Me levanto y sin encender la luz —que volvería todo aún más irreal— abro una de las latitas de Coca —ya tibia— de las que me aprovisioné a la vuelta; y de nuevo a la cama, posición fetal, almohada junto al estómago, otra vez empiezo a contar y ruego en silencio, por favor, por favor quiero perder la conciencia, dormirme de una vez y no soñar nada. Por supuesto que no funciona, antes del doscientos mi mente divaga otra vez y monologa sobre todo lo que me preocupa y repaso lo que me depositó en la ciudad maléfica del león alado, símbolo de San Marcos, aquí en el borde de occidente y del mundo civilizado que creí conocer. El funeral del Abuelo, ahora en colores y ralentizado por mí misma, el desconcierto de la familia, la casa vacía, el cansancio que precede a la depresión, el letargo de quedarse en la cama y descubrir que todo puede hacerse desde ahí, con breves escapadas a la cocina por alimento y al cuarto de baño para las necesidades, mi cuerpo cada vez más sucio en un extraño confort que me saca las ganas de ducharme. Mis padres irrumpiendo, arrastrándome a "casa", obligándome a bañarme, trayendo al médico, al cura, a mi primo influyente, finalmente alimentándome con antidepresivos y vitaminas. Haciendo una colecta para regalarme el pasaje a Venecia. "Andá y tomáte unas vacaciones, al Abuelo le hubiera gustado..."; y no me aguanto el llanto, la garganta me estalla y doy rienda suelta al sollozo, a las lágrimas liberadoras, y me siento incluso más vacía e idiota, porque ni siquiera puedo gozar de estar en Europa, sola, sin vigilancia, y ese es el límite, la frontera de lo que estoy dispuesta a soportar; y tanteo la mesa de luz, las tabletas de Xanax, la trago con el resto de la gaseosa tibia y me encojo más ante el sabor amargo de la pastilla combinado con el jugo demasiado dulce de la bebida. Y cuando ya despunta el día me duermo por fin, abrazada a la almohada y con el pelo todavía húmedo, pero de sudor.

Ah, el territorio del sueño... Lo que me confundía era que cuan parecido era a la mismísima ciudad en que me encontraba... Claustrofóbico, laberíntico, decadente, desesperanzador, ahogante. Y gris. Sabía que la mayoría de la gente sueña en colores. Yo no, sólo blanco y negro. Sepia, por ahí. Había largas temporadas donde no recordaba nada de ellos y sólo necesitaba borrar la sensación de inquietud con el desayuno: café y tostadas, real y tangible. Y otras donde me despertaba varias veces por noche y tenía súbitas visiones de lo que estaba soñando. Y nunca eran los claros argumentos freudianos donde mataba a la reina o me caía por las escaleras. Había personajes desconocidos y zonas que eran, insisto, como Venecia. Y yo me agitaba todo el tiempo, caminando rápido, en busca de qué, no lo sabía. Creo que era sólo una necesidad de calmar la ansiedad, troticar en busca de nuevas calles, evitar el agua, ignorar el envolvente olor a humedad... cuando eso sucedía no podía evitar atravesar el día pesadamente, como con un fardo a cuestas.

¿Alguien recuerda exactamente, con claridad, con precisión, el momento en que el universo se abrió desplegando toda su complejidad y su anchura? ¿Te pasó a vos, Abuelo, en la maldita Venecia? ¿Y por eso te quedaste, jadeante, hambriento, los ojos bien abiertos y la mente alerta, dispuesto a abrazar todo lo que estaba a punto de serte confiado? ¿Le pasó a Pandora, cuando urgida por la curiosidad vació su caja mágica y cometió el pecado? El pecado de querer saber todo, ver todo, *ser Dios*. Esa noche tuve una imagen del cielo dado vuelta, como si hubiera traspasado el límite y lo viera todo desde el otro lado, como el protagonista de *2001*, navegando en su navecita diminuta, y esa última comunicación con el mundo de lo conocido: "¡Mi dios! Está lleno de estrellas" el precio de ir más allá que todos, de morder la manzana del Paraíso —Paraíso. ¿El de la ignorancia? ¡Adán y Eva castigados por querer saber! Cuántas veces hubiera querido nacer sorda y muda, o simplemente insensible a los atractivos de la sabiduría, extirpada de curiosidad... No se elige quién se es ni el rol que nos toca cumplir.

En todos esos días agonizando en la ciudad-cementerio, golpeándome la cabeza ciegamente contra muros y ahogándome en humedad, renací. Vi la figura. Vi el bosque. Vi el pasado y el futuro y todos los relatos que conforman nuestro mundo. Y a mí, humilde bichito de este cosmos. No se produjo en un día o dos. Más aún, necesité más de siete, que es lo que —se cuenta— tardó Dios en crear el mundo. Tuve que deambular por esa ciudad aprisionada, enclaustrada, custodiada. Tuve que convertirme en servil monja de ese gran monasterio que era Venecia. Peregrinar por sus iglesias. Deambular rezando por sus calles-laberintos. Meditar en los cafés donde nadie hablaba mi idioma sino un lenguaje gutural plagado de galimatías.

Internamente creo que buscaba, como siempre, un orden secreto, un pacto, un jefe, un pasadizo, un atajo, una institución que me contuviera, y otorgara sentido a mi vida. Me impuse, luego de esa noche tormentosa en la que de hecho sospeché la revelación de esa nueva matriz, una disciplina estricta que me cobijara de malos sueños y ambiciones cumplidas. Debía mantenerme en la verja de ese deseo que me llevaba a escapar más que a correr en busca de ese despertar del cual, sabía, sería prisionera para siempre.

Así que por la mañana, luego de ser desalojada por la alegre e imperante mucama, luego de varias croissants y dos capuchinos, me lancé al kiosco más cercano y conseguí una de esas guías tan poco románticas, qué ver y hacer en Venecia, los Top Ten. Era otro día de calor pegajoso, la humedad me envolvía como el abrazo de un pariente meloso, aún sin verla, la existencia del agua, corriendo libremente a mi alrededor, comenzaba a alterarme los nervios. Caminé aferrada al mapa hasta llegar a uno de esos pocos espacios venecianos que parecen auténticas plazas de lugares terrestres y firmes. Campo San Polo. Un útero de calma y aparente normalidad. Un árbol emergiendo de las baldosas cuadradas y enormes. Una gigantesca cisterna, como un aljibe cubierto, en medio. Simpáticos toldos de restaurants, mesas en el exterior, intuí a los nativos disfrutando de un poco de paz antes de la invasión diaria. Habanos y tazas de café. Me apoderé de un banco de observadora, sobrecogida por esta intrusión en el mundo privado de la colonia isleña.

¿Qué hacer en Venecia? Recorrer el Gran Canal en un *vaporetto*, pasear en góndola con remero fornido portador de acordeón. *Oh sole mio*. Andar por agua me daba escalofrío, fuera de la cuestión. Piazza San Marco, Palazzo Ducale, Basílica de San Marco. Probar los famosísimos Bellini en Harry´s Bar —donde Hemingway se emborrachaba. Carnaval... no era la época. Rialto, un nauseabundo recuerdo de olor a comida y el agua silenciosa por debajo. Arsenale, donde se construían los barcos. Murano, artistas soplando vidrio y haciendo adornitos, no, debía subirme a un barco. Tampoco al Lido, aun cuando suspiraba por conocer las playas de *Muerte en Venecia*. ¿Arte Moderno? Empezaba a desesperar. ¿Arte clásico? Tintoretto, Tiziano, Tiepolo. Y por supuesto, la *chiesa*. Iglesias y más iglesias, como un vía crucis desperdigado por la ciudad entera. Indecisa, revolví mi mochila en busca de la foto del Abuelo. La Dogana di

Mare, con su hombrecito en la cúspide, a punto de salir volando. Rebusqué en el librito. No era un hombrecito sino la diosa Fortuna —la diosa de la suerte— sosteniendo un timón-veleta. "No sólo mostraba la dirección del viento a los navegantes que se iban a hacer a la mar, sino también la imprevisibilidad del destino". Quizás era hora de volver al punto de observación.

De alguna manera sabía que había en Venecia algún mensaje escondido, alguna parte del secreto que el Abuelo se llevó a la tumba. Observé la postal. Quizás, si encontrara el exacto ángulo desde el que se sacó la foto, podría ponerme en la piel del Abuelo y... Abrí el mapa. La Dogana podía verse con toda claridad desde docenas de sitios. Aunque, mirándola con más detenimiento deduje que debió haber sido sacada desde la izquierda... El único lugar desde donde yo podía acceder estando sobre tierra firme era la Piazzetta San Marco. En fin, que volvería, a ver si descubría alguna razón para quedarme. Suspiré. No me animaba a subir a un *vaporetto*, pero me aburría repetir el trayecto del día anterior, así que opté por atravesar San Polo y parte de Dorsoduro para cruzar el Gran Canal por el puente de L´Accademia.

Metí mi nariz en la guía y leí:
CAMPO SAN POLO:
EN EL SIGLO XV SERVÍA DE ESCENARIO A FIESTAS, MASCARADAS, CEREMONIAS, BAILES Y CORRIDAS DE TOROS. EL SUCESO MAS DRAMÁTICO AQUÍ ACAECIDO FUE EL ASESINATO DE LORENZO DE MEDICI EN 1548,

QUIEN SE REFUGIÓ EN VENEZIA TRAS
ASESINAR A SU PRIMO ALESSANDRO,
DUQUE DE FLORENCIA.

Vaya, vaya. ¿Baldosas cubiertas de sangre? Era como una obra de Shakespeare.

Conseguí ver en el mapa una línea amarilla que guiaba al visitante de un punto al otro y, sobre todo, le marcaba cómo llegar a los puentes que cruzaban los diminutos canales. Pronto llegué a

IGLESIA SAN POLO.
FUNDADA EN EL SIGLO IX, RECONSTRUIDA
EN EL XV Y REFORMADA EN EL XIX EN
ESTILO NEOCLÁSICO, LA IGLESIA SAN POLO
CARECE DE HOMOGENEIDAD. EN EL
INTERIOR, SIGA LOS CARTELES QUE
ANUNCIAN EL VÍA CRUCIS DEL TIEPOLO,
DOCE LIENZOS DE GIANDOMENICO TIEPOLO.

Las iglesias, en cualquier parte del planeta, me causaban horror. De chica mis padres me llevaban a misa todos los domingos. Me encantaban las estatuas profundamente dramáticas, sobre todo una virgen a la que le colocaron lágrimas en la mejilla, y el color rosado de los rostros, y las muecas sufrientes de las bocas. Pero una vez, una de las ancianas que se ocupaba de la organización de la parroquia, vino hacia mí y me eligió para llevar el copón a lo largo del pasillo y entregarlo al cura. El copón que contenía la sangre de Cristo. Yo no quería hacerlo, pero la mirada de mi madre me impidió dudar. Caminaba atenazada de pánico por el corredor entre los asientos, como una novia adolescente, los ojos de todos los presentes fijos en mí, las sonrisas adustas apelmazadas en sus rostros.

Cuando hube puesto el recipiente en manos del sacerdote, eché a correr hacia la puerta y no paré hasta llegar a casa. Por más amenazas y llantos, no volví a pisar la iglesia. Esa mañana, en la isla rodeada de agua estancada, recordé y respeté el trauma infantil.

Me detuve frente a una fachada típicamente veneciana, con ventanas ojivales, medallones esculpidos en la piedra y pilastras con capiteles góticos cubiertos de follaje. Recurrí a la guía:

CASA GOLDONI.
CARLOS GOLDONI, HIJO PREDILECTO DE LA CIUDAD, ESCRIBIÓ MÁS DE 250 COMEDIAS, MUCHAS INSPIRADAS EN PERSONAJES DE LA COMMEDIA DELL´ARTE. ASÓMESE AL PATIO DONDE VERÁ LA ESCALERA EXTERIOR DEL SIGLO XV Y EL BROCAL, CON EL ESCUDO DE ARMAS DE LA FAMILIA.

Me asomé con cuidado y sólo vi sombras y un aljibe en medio de un patio diminuto. No me animé a entrar. ¿Acaso decían las guías qué hacer si uno se enfrentaba con un vecino enojado? Me hubiera gustado, eso sí, ver el escudo de armas de la familia. Me pregunté si la nuestra lo habrá tenido, en los días en que vivían en Europa, del comercio de la seda. Pude imaginar media docena de símbolos de los que hubiera estado orgullosa. Empezaba a extrañarlos, a sentir nostalgia, ¿a estar *homesick?* De ninguna manera, y aún, el efecto de haber pasado mi vida entera dentro o en contra de su existencia creaban un efecto.

Campo di Frari, ah, otro espacio abierto pero contenido, como un útero pasajero. SANTA MARÍA GLORIOSA DEI FRARI, otra iglesia, pero la guía mostraba un plano detallado. Había también un monasterio. EL ANTIGUO MONASTERIO, QUE ALBERGA LOS ARCHIVOS DEL ESTADO, TIENE DOS CLAUSTROS, UNO EN EL ESTILO DE SANSOVINO Y EL OTRO DISEÑADO POR PALLADIO. Ah, Palladio, qué ganas de estar en una de tus casas palaciegas en medio de la campiña italiana, con frescos en las paredes y *trompe l'oeil* en el techo, y fuentes y jardines para despejar la mente cuando se ha leído o hablado mucho. No entraría al monasterio aun cuando me tentara. ¿Y si volvía a ser poseída por las emociones ajenas, por los espectros del lugar? Un monasterio de la Edad Media, me estremecían las consecuencias.

SCUOLA GRANDE DI SAN ROCCO:

FUNDADA EN HONOR DE SAN ROQUE SE CONSTITUYÓ COMO HOSPITAL DE BENEFICENCIA. EN 1564 SE ENCARGÓ A TINTORETTO LA DECORACIÓN DE LAS PAREDES Y TECHOS. DURANTE LOS 23 AÑOS SIGUIENTES TINTORETTO DECORÓ TODO EL EDIFICIO —Veintitrés años... Más de los que tenía yo— EN 'LA CRUCIFIXIÓN' TINTORETTO ALCANZA UN NIVEL DE SENTIMIENTO RELIGIOSO NUNCA CONSEGUIDO HASTA ENTONCES EN EL ARTE VENEZIANO.

Sentimiento religioso. ¿Amaba Tintoretto su trabajo? ¿Depositó en él su verdadero e íntimo sentimiento religioso? ¿Era su representación de Cristo crucificado tan fiel a la realidad como si le hubiera sucedido a él? ¿Sabía sobre lo que pintaba? ¿Quería impregnarme de ajenas religiosidades, yo tan propensa a contagiarme sensaciones de otros, cuanto más negras y devoradoras peor? ¿O quería conservar la virgen impresión de que Venecia era una ciudad maléfica, lista para ahogar a sus habitantes, un barco encallado, una plazoleta donde la gente se detenía para consultar sus próximos pasos?

Otro puente escalofriantemente angosto y otro campo, otro claro en el bosque agotador, otro oasis. CAMPO SANTA MARGHERITA. Ah, cafés y restaurants desparramados por la *piazza*. Me sequé el sudor con un Kleenex. El sol estaba alto y sospeché que estaba deshidratada. Elegí un café donde ni siquiera podía sospechar la cercanía del agua. Y tenía el nombre de mi estimado artista, Duchamp, hermanado a través del tiempo y el espacio con el Abuelo, humilde reparador de juguetes en la lejana Buenos Aires. ¿Se habrán cruzado, tal vez, cuando Duchamp se autoexilió en la capital porteña, y una rápida mirada habrá sido como reflejarse en un espejo, de repente, y apartaron la vista porque a quién le agrada encontrar posibles clones de uno mismo regados por la ciudad que uno habita?

¿Fue lo que comí o tomé? ¿Fue el lento sopor del sol italiano? ¿Fue el cansancio agotador de horas de caminata por senderitos inhóspitos? Sólo sé que cuando me levanté de la silla del café, guardé la guía y me dejé llevar. Arrastrada como por un embrujo hacia la punta de la península, la Dogana. Sabía para qué lado quedaba guiándome por la posición del sol. Dejé que las sombras me condujeran, que el hartazgo y la pena se combinaran para que todo perdiera importancia y me escurrí por el laberinto gozosa del juego, dispuesta a ignorar el influjo de los canales o los estrechos pasajes.

El camino se tornó entonces desprovisto de turistas, las paredes descascaradas y las ventanas abiertas de par en par, con ropa tendida en las alturas. Más de una vez agoté los caminos y me enfrenté con calles sin salida. Alegremente desanduve lo andado y retomé la dirección deseada, aunque podía sentir el sol declinando. Pero incluso así el calor no disminuía, la ropa se me pegaba al cuerpo, la nuca me picaba, la humedad espesaba el aire y me hacía estornudar. Otro puentecito, otra vía cuyo recodo súbito me empujaba a avanzar. Finalmente, el mar.

Estaba, descubrí, en los Zattere, la costa sur de la isla, una ribera ancha poblada de cafés, lo más parecido a una ciudad veraniega. Aquí el agua no parecía amenazante, no más que en cualquier puerto, cuando uno se sienta a comer mariscos y a mirar a los pescadores. Recorrí la franja de baldosas complacida, la vista se perdía a lo largo de la hilera de árboles que acompañaban el paseo y me provocaba un profundo alivio. No olvidé mi tarea y seguí la costa hacia el este. No fue difícil dar con la Dogana. Ahí estaba, en la mismísima punta de la isla, a punto de caerse al agua. Altanera, muda, oxidada. Los rayos del sol caían a pico sobre la esfera dorada y su hombrecito en equilibrio. De repente, tenía ante mí el Gran Canal en su máxima anchura. Y me sentía como capitana de barco, en cresta de la cubierta, enfrentando el mar abierto como al Abuelo le hubiera gustado.

Me quedé ahí un rato. La entrada y las ventanas estaban clausuradas, tapiadas con madera cuya pintura se desprendía lenta y perseverante, dejando a la vista un paisaje surrealista. Se levantó una brisa, caliente como los muros en los que apoyé la espalda, repleta de siseos marinos, olor a sal, y el golpeteo de las olas contra los múltiples transportes. Entrecerré los párpados y vi violeta. ¿Podrían mis retinas conservar esta imagen? ¿Y mis neuronas? Pisaba los veinte y sentía que existían para mí tan pocas cosas que valiera la pena recordar.

(aque alte)

Una vez que se ha perdido a alguien, la posibilidad de perder a los otros está ahí nomás, siempre presente. Entregamos esa porción íntima que guardamos para nosotros solos, ampliamos nuestro horizonte de necesidad. Todo con la ilusión de incluir a ese otro que nos veía tal cual éramos y nos tomaba así. ¿Y para qué? Para luego presenciar el vacío, el silencio, la soledad, la angustia. El reproche se presenta claro ante nosotros, sobre nuestro accionar. Pudimos no hacerlo, pudimos no abrir la empalizada del castillo, mantenernos seguros y protegidos dentro de las paredes de ladrillo. Pero quisimos más, el contacto con otros, el cariño, el calor. El precio se paga después, cuando ya no es posible cambiar de idea. Sucede una y otra vez, dependiendo de nuestra suerte, desde la infancia o la adolescencia. Un abuelo, un novio, un padre, un amigo. ¿Qué deberíamos hacer?, ¿mantener la promesa furiosa de no volver a cometer el error, de estar solos eternamente, dentro de las paredes inalterables?

Sólo tenía algo a mi favor, la paciencia. Mis entrañas me decían que si aguantaba lo suficiente la pena se iría, el hombre es un animal de costumbres, y en la tierra de incertidumbre de las que provenía, estábamos acostumbrados al cambio continuo, a las sorpresas, a la adaptación constante, la base de la supervivencia. En ese momento no conocía el procedimiento. Amar, perder, sufrir e incorporar el mundo alterado, porque el mundo no está intacto nunca, salvo en nuestra mente, que quiere un refugio, no importa cuán alto sea luego el precio de la ilusión.

Como nunca antes ejercí la disciplina. Recorrí cada recodo de Venecia, me introduje en cada maldito museo y miré fijamente las pinturas de santos y dioses griegos. Hasta el cansancio, hasta la náusea. Los pasillos del Palazzo Ducale, la tumba de Peggy Guggenheim, los Bellini en Harry´s Bar, los negocios de mascaritas de carnaval. Los días de la semana empezaron a repetirse. Inventé una rutina, yendo a los museos a la mañana y a la *piazza* o a alguno de los *campi* de tarde. En esas plazoletas oblongas, contenidas, miraba los hábitos de los locales y pronto los imité, tomando mi aperitivo color naranja a eso de las ocho, antes de la cena, comiendo pasta y luego carne y queso con oporto de postre. O lemoncello. Los mozos empezaban a reconocerme. Noté un día que comenzaba a interesarme más la gente que los puntos de interés. Hasta me animaba a chapurrear el italiano. La angustia cedía, la tristeza se asoleaba. Sin embargo, aún no podía montarme a un *vaporetto* o entrar a una iglesia. Bajo el sol de la tarde, con mi copa de Martini Rosso, mis pensamientos perdían su ilación y descartaba la preocupación, "tal vez mañana".

Un buen día una puerta se abre y ya no volvés a ver el mundo de la misma manera. Dónde y cómo no es lo que importa. Importa que antes no estuvieras consciente de esa textura de realidad, y ahora sí, y nunca podrás olvidarlo. Un extraño frenesí se apodera de quien así lo siente e inaugura un sinfín de nuevas rutas, continentes, horizontes llenos de bruma y misterio. A veces vienen de la mano de un libro, una película, una conversación; y otras, de trabar conocimiento con cierta persona en el lugar y el momento preciso. Si hubiera sucedido un año antes, no le hubieras prestado atención. Si fuera después, ya no sería una novedad. Y aquí estás, de súbito, un cachorro muerto de sed frente a un océano inconmensurable. El mundo, concluimos, es una verdad-espejismo, que depende de casualidades aleatorias tales como el lugar donde se nace, la época, la familia y los amigos. Nada más ni nada menos. Cuando conocí a Flora no tenía idea de que estas cosas podían pasarme a mí.

Llovía sobre Venecia. Impacientemente, el agua hendía los ya agrietados muros de la ciudad y afeaba las fachadas decadentes de los *palazzi*. Era en un principio sólo una lluvia molesta, que avinagraba el humor de los turistas y los hacía corretear entre museos y restaurants en un intento de mantenerse secos. Ridículo, pensaba yo, puesto que el calor no aflojaba y era imposible estar seco del todo. Por otro lado, el agua que caía del cielo no hacía más que recordarme el agua de los canales, que como venitas siniestras atravesaban la isla. Una mañana escuché mencionar las mismas palabras varias veces. Me llamó la atención el oírlas en distintas situaciones, e incluso leerlas en la portada de un diario.

Aque alte. No quise confirmar lo obvio, lo inevitable. Y como buena hija de la conservadora Reina del Plata, añoré el refugio del hogar, el techo conocido y el idioma transparente. ¿Estaba la puerta ya entornada? No lo sé, pero la adormilada lectora de Salgari dentro de mí empezaba a desperezarse.

Y sin embargo no hay nada peor que una conciencia adormilada.

Llovía incesantemente sobre la ciudad. Lo suficientemente constante como para molestar sin eliminar la humedad, todo lo contrario, creando un ambiente de vapor donde respirar se hacía más y más difícil. Correteaba por las callecitas fúnebres, cuyos defectos se hacían evidentes con el gris de la luz diurna y el brillo de las gotas sobre los edificios. No puedo decir con seguridad qué itinerario tomé aquel día. Sólo sé que estaba mojada y agotada para la tarde y que me instalé en el Café Florian a tomar cappuccino y ver llover. También recuerdo que un pendejo italiano y atrevido se me acercó y me dijo:

—*Sei triste?*

Y que pretendí que no entendía. ¿Era acaso tan obvio? Me adormecí y cayó la noche. Nunca antes me tomó tan desprevenida y aturdida, escapé de la *piazza* como si fuera el infierno. No tenía experiencia andando por la ciudad de noche y eso, sumado a la lluvia y al agua de los canales, se me antojaba una pesadilla kafkiana. Así que me apresuré por las calles, siguiendo unos cartelitos amarillos apostados en las esquinas y que, en varias oportunidades en el pasado, me salvaron la vida. No esta vez. De repente desaparecieron y yo, obstinada, continué circulando en pos de ellos. No noté que el agua de las calles había aumentado de nivel y pasaba de mi tobillo. *Aque alte.* Todo lo que me atormentaba se presentaba a mis ojos, las calles más angostas, los dichosos canales internos, por todos lados, los negocios cerrados y nadie a la vista. Nadie. Repentinamente estaba sola y perdida en una ciudad vacía. Y cuando por fin recurrí al mapa, descubrí que no lo tenía. Lo habría olvidado en el café, con el apuro.

No sé cuánto tiempo deambulé desesperada, el corazón a mil, la transpiración mezclada con la lluvia, la boca seca. Y el agua a mis pies subiendo. Yo, tan cuidadosa en evitar los canales y los barcos, ahora rodeada de agua como plantas trepadoras, ágiles sobre mis piernas. No tenía el teléfono del hotel, ni provisión de agua o comida, ni ropa para cambiarme. Tenía dinero, pero no veía nada abierto, nadie de carne y hueso, sólo masas de edificios cerrados y oscuros.

A la larga me rendí y me dejé caer en un portal, el más alto que encontré. Me encogí contra un rincón, donde la lluvia no me alcanzaba, me abracé a mi mochilita y escondí la cabeza. Sólo escuchaba el tic tac de mi reloj, usualmente tan silencioso, que cerca de mi oído sonaba a campanadas. Aunque lo intenté, no lograba quedarme dormida o perder la conciencia del tiempo. Y como de la nada, lo inesperado, el portón a mis espaldas se abrió, haciendo que me cayera de espaldas dentro de la casa.

Dos siluetas se echaron atrás y luego se acercaron a mi rostro, hablando en un idioma incomprensible. Torpemente me sacudieron y acabaron por arrastrarme hacia adentro del lugar. Con la escasa luz de lo que parecía un cuarto enorme, una pareja de mi edad, una mujer de pelo cobrizo y piel muy blanca, envuelta en dorado; un hombre de rasgos infantiles y rizos claros. Los veía accionar como tras un manto de agua, toda la humedad de la ciudad se había apropiado de mi cuerpo y me impedía reaccionar.

Aún estaba en el suelo, casi en la misma posición que afuera. Ellos hacían gestos confusos y me tomaban el pulso, pero debieron notar que estaba viva porque al final me hicieron ponerme de pie y, con uno de cada lado, trasladarme de a pocos, a través de la enorme habitación de paredes oscuras hacia lo que resultó un *cortile* en tinieblas. La infatigable lluvia me empapó de nuevo, también a mis acompañantes, que continuaban gritándose frases exageradas. El siguiente era otro cuarto enorme e iluminado. Olía a museo. Las paredes oscuras estaban cubiertas de óleos con personajes inmóviles. En un extremo, los únicos muebles, unos sillones y mesitas bajas sobre una alfombra que era como un oasis. Me depositaron en una otomana, los escuché conferenciando. Uno de ellos llevó una copa de líquido trasparente hasta mis labios. Bebí obediente. Ellos me miraron reaccionar. Tosí frenéticamente y recuperé el habla con lentitud, como si volviera a mi país de origen después de un viaje accidentado. Ellos probaban distintos idiomas, inglés, italiano, por fin la chica intentó el español. Respondí concisamente, sólo quería estar seca y envuelta entre sábanas. Entonces noté que estaban vestidos de gala.

—¿Iban a una fiesta? —logré articular

—No importa —tartamudearon, no eran nativos del español, lo hablaban como si tomaran entre sus manos un arma con la cual no se encontraban familiarizados—. ¿Estás bien?

Se presentaron. Eran Flora y Rafael.

Rafael notó que empezaba a gotear y entre los dos me acarrearon a un baño. Flora me ayudó a sacarme la ropa húmeda, me frotó con toallones mullidos y me envolvió en una bata con un dejo a perfume de flores.

Volvimos al cuarto de los sillones. Mágicamente, la mesita se había llenado de canapés y copas altas.

—¿Tienes hambre? —recitaron al unísono.

Pronto comíamos y bebíamos como si compartiéramos un pícnic en un vagón de tren. Me descubrí famélica, aunque traté de moderar la necesidad de masticar y tragar. Ellos más que nada tomaban del líquido claro y se reían. Parecían tan ajenos a la casa como yo. Un inmenso museo sin muebles. Y afuera seguía lloviendo, una mirada a las ventanas oblongas me confirmó mi temor. ¿Cómo volvería al hotel? Ellos no tenían apuro. Me acercaban platos repletos de comida y llenaban mi copa una y otra vez.

Pasado un tiempo me relajé entre los almohadones de terciopelo violeta y los contemplé, sedada de cansancio y alcohol. Me creyeron dormida y se entregaron a comentarios en voz baja, salpicados de tontas risitas y miradas en mi dirección. El sopor hacía que mi cabeza colgara de mi cuello, y me enloquecía no saber la hora. Si de veras me dormía, deberían alojarme, refugiarme por la noche. No podía, sin embargo, cruzar la frontera de la vigilia sin permiso. Por entre las pestañas observé a Flora, el cabello rojizo peinado en un rodete, que al aflojarse dejaba unas hebras de pelo dibujadas en su cuello. Tenía rasgos finos y una nariz diminuta. Su torso se inclinaba hacia

Rafael como queriendo ofrecerse. Sin embargo, cada vez que él la tocaba, ella se echaba para atrás apenas unos centímetros. Rafael parecía un efebo mítico, los rulos desprolijos sobre la frente, los ojos claros, la mandíbula fuerte y una sonrisa constante destinada a conquistar con gracia a su oponente. Se había aflojado el cuello de la camisa y se veía la piel tostada emerger por entre los bordes. Tenía manos precisas que rozaban la piel de su compañera produciendo un fuerte contraste de tonos, la piel blanca de ella y la oscura de él. Después de lo que me pareció un siglo, ella acercó sus labios y lo dejó darle besos cortos y húmedos. Luego, más alcohol. Los cuerpos separados de nuevo, a cada lado del sofá. Volvieron a cuchichear. Yo, arropada en la bata que sospechaba era de Flora, no quería quedarme dormida. Luchaba con la calidez que me inundaba por dentro y por fuera. Si tan sólo ellos se quedaran junto a mí y me cuidaran mientras dormía. Necesitaba el sonido de otras respiraciones acompasadas cerca de mí.

Me incorporé, asustándolos. Estaba convirtiéndome en la víctima, el objeto, el fenómeno y no quería ser observada y definitivamente no debía ser cuidada ni protegida.

—¿Una pesadilla, querida? —quiso saber Flora, a quien descubrí de súbito sentada a mi lado.

—¿No quieres ir a la cama y dormir mejor? —ofreció Rafael, a mi izquierda.

Sacudí la cabeza.

—Tengo que volver...

Inmediatamente exigieron saber todo de mí. De pronto se me pasó el sopor, estaba completamente despierta, los sentidos expectantes. Elegí mis palabras con cuidado. Pensé que estaba en el lugar y en el momento incorrecto y que no hay favores gratis. Menos todavía provenientes de gente que no te debe nada.

Les hablé de la muerte del Abuelo, de la llegada a la ciudad, enfaticé que estaba sola y no tenía fecha de regreso. Mi ansiedad se reflejó en sus pupilas, al menos en las de Rafael. Cuando por fin me callé noté que aún llovía afuera, y que las paredes hacían eco del golpeteo de la lluvia sobre el canal.

—¿Dan al Gran Canal? —pregunté, refiriéndome a las ventanas alargadas.

—¿Quieres ver? —preguntó Rafael, solícito. Lo artificioso de su español me golpeó como una ráfaga de aire frío.

—Después... —estaba tibia dentro de la bata en la sala oscura y estaba vacía frente a los dos desconocidos.

Rafael desapareció y regresó al rato con bandejas de dulces. Cannoli, masas, fruta. Y botellas de champagne. Entonces me contaron su historia. Y fue como oír dos versiones de un mismo suceso. Estaban hablando de lo mismo y no. Como esos dibujos para encontrar las diferencias. Ambos eran hijos de diplomáticos. Se conocieron en una de las tantas escuelas por las que peregrinaron la primaria. Separado y reencontrado varias veces. Estudiado juntos, compartido la desventura de ser eternos exiliados. Sus padres tenían nacionalidades cruzadas, los dos vivieron en países latinoamericanos. Flora vivió un año en Buenos Aires, cinco en Montevideo. Me sobresalté.

—¿Te acordás de algo? —inquirí, sorbiendo champagne.

—¿Los lagos de Palermo, un lugar lleno de rosas? —frunció el entrecejo rebuscando en sus memorias.

—¿El Rosedal?

—Sí... —sonrió complacida y contó anécdotas de su niñez. Pero tenía ocho años, sólo eran imágenes borrosas.

Me relajé, seguía siendo anónima. Rafael asentía, pero no, nunca estuvo en Buenos Aires, aunque quiso alguna vez. Me mira esperando una invitación y devora un bombón, yo lo ignoro y Flora sigue el recorrido cronológico de sus tiendas de campaña. Barcelona, Florencia, Londres. Pasaron parte del secundario ahí, juntos, después Rafael se mudó a Ámsterdam con sus padres. Ahora tenían dieciocho, eran mayores de edad y podían ir a donde quisieran. Algo me intranquilizó repentinamente, ese generoso permiso paterno, ¿sería una costumbre europea? Pasaban un año sabático en Italia, en el *palazzo* de los padres de Flora. "Para empezar", los dos se miraron y rieron, cómplices. Creí entender una factura impaga, un cheque en blanco de aquellos que les robaron la infancia...

—Pero, ¿por qué no te nos unes? —sugiere Flora, los ojos pequeños y polvorientos.

—Eso sería genial —le hace coro Rafael y levanta su copa—. Por los nuevos amigos...

Y todos brindamos. Estoy demasiado borracha, asustada y cómoda para negarme. Afuera seguía lloviendo. No tenía idea de la hora, semejaba una noche eterna y con todo y eso, se necesita practicar el insomnio para saber que cada noche posee incontables segundos, instantes que no pueden medirse científicamente y pesadillas que transcurren en medio de la vigilia. Por momentos veía temor en esos ojos enfrentados a los míos, en otros, ausencia. Sabía que si me quedaba el viaje se malograría y dejaría de ser anónima. El amanecer parecía no llegar nunca. Quizás la lluvia enturbiaba los rayos del sol.

Intenté mantenerme despierta haciéndoles preguntas. Rafael gustoso me habló de su bachillerato en Artes, de su voluntad de convertirse en artista, aunque todavía no decidía si escultor o actor. Y realizó un monólogo sobre el estado del arte en la era de la muerte de la imaginación que me dejó atónita. Parecía haber leído más que yo. Sabía de los surrealistas, incluso de los dadaístas. Conocía el significado del *Cabaret Voltaire*. Flora no parecía entusiasmada, como si ya hubieran hablado de eso. O como si le conociera todos los trucos. Me pregunté si perdieron la virginidad juntos, en alguno de esos puertos calurosos del Mediterráneo. Cuando Rafael se quedó sin habla descubrí que amanecía y que había dejado de llover.

Flora me condujo a mi cuarto y me dejó sola. Otra sala turbia y húmeda, unas ventanas chiquitas daban a un costado del Gran Canal. Contra la pared, una cama grande con dosel y sábanas de seda que no parecía haber sido usada en años. En los últimos minutos de vigilia vi un tapiz frente a la cama, pero la luz no alcanzaba para discernir la figura.

Despierto con una sacudida, sudando a mares en una cama ajena, ancha y de sábanas que se pegan a mi cuerpo como sanguijuelas. Recuerdo todo al mismo tiempo y me incorporo sobre las almohadas. Es mediodía y el sol entra a raudales por las ventanitas angostas a mi izquierda. Paseo la mirada para fijar la geografía del lugar y calmar mi inquietud. Sólo hay una mesa de luz y un armario de madera trabajada. Y el tapiz. A la luz del día veo los colores desvaídos, dorado, rojo, verde. Una mujer envuelta en un vestido de grácil pana que cae en capas, los ojos severos, el cabello abundante. Sostiene manzanas entre sus manos muy blancas y está rodeada de flores y árboles de fruta. Como una virgen, una ninfa de los bosques, una musa encargada de poner orden. Sobre el marco dorado hay una leyenda: "Pomona". Su mirada descansa en mí, serena pero firme, me recuerda que tengo una misión que cumplir.

Salgo de la cama, me visto con mi ropa aún húmeda, estoy por salir y soy interceptada por Flora, portando un vestido corto y estampado con arabescos. Atrás viene una mucama con una bandeja de desayuno.

—¿Has dormido bien? —Flora lucha por recuperar el idioma olvidado—. Vas a quedarte, ¿sí? —inquiere súbitamente preocupada al verme lista para irme.

Me desplomo en la cama y desayunamos. Rafael se cuela más tarde y hacemos planes. El me llevará al hotel a buscar mis cosas y mudarme con ellos.

—Tenemos el *palazzo* para nosotros —aclara Flora—. Nadie lo usa en esta época. Y tú no tienes apuro por volver a tu país, ¿sí?

Victoria Cáceres

Los ojos ahora grandes imploran. Rafael ensaya su mejor sonrisa y me entrego. Bajamos. A la luz del día veo un hall desmesurado, puertas cerradas, escaleras de mármol que giran conectando los pisos. Flora y Rafael me conducen por los escalones hasta lo que parece la planta baja y recorremos un vasto salón que parece una copia del de anoche, aunque este está casi vacío, excepto por las paredes, cubiertas de descomunales pinturas pobladas de personajes sombríos y misteriosos. Rafael abre una última puerta y estamos en el Gran Canal, unos escalones por sobre el agua que lame el mármol. Me detengo paralizada y veo la lancha bamboleándose con dulzura.

—No... yo no puedo subir —balbuceo.

—Tonterías —dice Rafael y me toma de la mano para ayudarme a subir. El corazón me palpita tan fuerte que podría explotar.

El Gran Canal bajo el sol. Las góndolas repletas de turistas, los *vaporetti* surcando las aguas con lentitud, escucho los alegres gritos en italiano, me siento como en casa, por primera vez. Navegamos cortando las aguas con una estela. Veo los *palazzi* a cara lavada, uno tras otro tras otro, la mezcla de estilos, los jardincitos diminutos, los bastones a rayas, con góticos frentes de esculturas gastadas, con frescos una vez dorados descoloridos por la humedad o ladrillos descascarados por la lluvia. Venecia se ve tan ordinaria en pleno mediodía controlada por los turistas gordos de trajes multicolores. El calor abrumador hace que todo se detenga y suceda muy lentamente. Mi mente se pone a tono y no lucha, miro pasar los puentes, el cielo traslúcido, las barcas de comestibles, los taxis acuáticos, cada tanto recibo una salpicadura en las mejillas y con el rebote cadencioso de la lancha y el aire poblado de gotitas el mundo se escucha como a través de celofán.

Una esquina más y allí está, mi *albergo*. Piso tierra firme y subo a buscar mis pertenencias. Rafael trepa detrás de mí convencido de que habrá mucho equipaje. En mi cuarto la cama está sin deshacer, hay una bandeja con café frío sobre el escritorio, las paredes desteñidas parecen más desteñidas que ayer. Guardo todo lo que tengo en mi mochila y ya está, la habitación recupera su anonimato, esperando ser vuelta a poseer. Me retiro sin pena y no miro atrás.

Durante esa primera tarde se estableció un patrón que sería continuado todos los días con pocas variantes. Nos pasamos la tarde tomando aperitivos en los *campi*, a veces al sol, a veces en el interior de un café, viendo el día decaer hasta morir sin hacer otra cosa que hablar, beber y comer. Desde esa tarde supe que estando junto a ellos no tendría que preocuparme de cómo llenar mis horas. Flora era la anfitriona perfecta, arrastrándonos de un lado a otro, haciendo llamadas por su celular, en brusco italiano, para conseguir reservas y contactos, decidiendo qué comeríamos y en qué orden. Tenía una extraña obsesión con la comida. Analizaba los menús atentamente, ordenaba por todos, y cuando los platos aparecían probaba apenas un bocado de cada uno. Cuando llegaba la hora de la sobremesa dejaba pasar nada más ni nada menos el tiempo que le llevaba terminar un cigarrillo para imponer la urgencia de irnos. A dónde, por qué, cómo, no interesaba. Parecía bastante enfocada en no pasar demasiado tiempo en el mismo lugar, como si escapara de alguien.

Rafael era el tipo pintoresco que ocultaba su inseguridad con palabras y miradas. Se sabía atractivo y exageraba la función de su mirada azul y su mandíbula cuadrada. Con una copa en una mano y un cigarrillo en la otra, se echaba atrás en su silla y hablaba de sí mismo. De los lugares donde vivió, de sus conocimientos de arte, de sus dudas sobre el futuro. Era de los que se alimentan de las miradas femeninas. Eso pensé al principio, parecía tan transparente. Sin embargo, esquivaba la mirada si intentaba sostenerla y detener el tintineo de sus pupilas. ¿Había oscuridad o simplemente vacío en el fondo?

Desligada de tareas y obligaciones, contagiada de indulgencia por dos adolescentes hedonistas, me sumé al *dolce fare niente* y comprobé que era un pasatiempo nacional. Cuando empezaba a caer el sol, las *piazze* se llenaban de gente que tomaba aperitivos y probaba canapés. Más tarde se cenaba y luego volvía uno a cambiarse para la fiesta de la noche.

Quizás debería haber preguntado por qué me adoptaron, pero temía la respuesta, y con el pasar de los días dejó de importar. Tal vez porque entendí que yo venía a ser el soporte cuando ellos se cansaban el uno del otro. O porque seleccionaban extraños todo el tiempo para impedir el aburrimiento. Lo cierto es que en ese momento ser la tercera en cuestión me venía de maravillas y alejaba lo desagradable de mi tarea. Aunque cuando me acostaba en mi solitaria cama de dosel, Pomona me mirara llena de reproche.

(botticelli)

Cuando los días se transformaron en semanas y me adapté a mi nuevo estilo de vida, noté que algunas tardes ni Flora ni Rafael daban señales de vida. Supuse que Flora salía, pero tenía conciencia de que Rafael pasaba tardes enteras durmiendo en su cuarto, ya que una vez entré pensando que estaba vacío y lo vi: dormido entre las sábanas revueltas, el cuerpo dorado asomando entre el blanco de la seda.

También sabía con certeza que el lugar era tan grande y enredado que encontrar mi camino dentro de él me mareaba, y eso no era bueno. Si algo sucedía, yo tenía que acertar de inmediato con la ruta de escape; extraviarme era un lujo que no podía darme. Así que utilicé mis tardes libres para recorrer el *palazzo*. Hasta me armé con un anotador y lápiz en caso de necesitar un plano. Decidí empezar por el piso bajo, el que estaba a la altura del agua. Todo, excepto el hall de entrada, estaba cerrado; o más bien, clausurado. Con una linternita de mano que siempre llevaba en la mochila descubrí puertas y paredes de piedra llenas de moho y marcas de salitre. Tal vez fueron inundadas una y otra vez por el *aque alte*. A dónde sí pude acceder fue al *cortile*, un patio rodeado de columnas por el que recordaba haber pasado esa primera noche. En el piso se distinguían los cerámicos con dibujos geométricos y en medio, un pequeño aljibe esculpido con lo que parecían monstruos diminutos de inmensas cabezas atrapados en el acto de huir. Tenía escaleras a ambos lados que llevaban a los pisos superiores y más de una vez me demoré en uno de los bancos blanquecinos, tallados y desgastados por la lluvia, imaginando que estaba lejos de Venecia.

Del otro lado estaba el pasillo que ofrecía acceso a la puerta de entrada, aquella en la que me cobijé semanas atrás. A veces la usábamos para llegar por tierra a ciertos lugares. De ahí salían angostas escaleras y pasajes escondidos, con distintas funciones. Algunos conducían a la cocina, que consistía en una serie de cuartos en la parte de atrás del *palazzo*, en las habitaciones altas. Otros, a las habitaciones de los empleados. Al parecer, al menos cinco de ellos vivían allí todo el tiempo, con la única tarea de mantener la casa en mínimo funcionamiento y atender a los dueños cuando, ocasionalmente, se instalaban en la vivienda. De entre ellos me familiaricé con Serena, una mucama jovencita y bonita que se ocupaba de hacer las habitaciones y servirnos la comida —no más que el desayuno porque por lo general almorzábamos y cenábamos fuera. Serena era italiana, pero entendía mi cocoliche, y siempre ostentaba una sonrisa franca. Los demás eran como fantasmas para mí, a veces los oía hablar o reírse en algún rincón de la mansión, pero nunca los veía. Tenía la impresión de que las antiguas cañerías provocaban efectos de sonido irreales, y al estar las ventanas abiertas a causa del mórbido calor los ruidos del exterior se mezclaban con los propios creando una misma dimensión, como si en verdad las paredes y techo no nos separaran del mundo.

El primer piso o *piano nobile,* como se lo llama en Venecia, era donde pasaba la mayor parte del tiempo, ya en las habitaciones, ya en el cuarto que oficiaba de sala de estar, aquel que daba al Gran Canal y que utilizamos en mi primera noche. Durante la tarde el sol entraba de lleno y provocaba un calor espeso que cortaba la respiración. Tenía esa particularidad de ser desmedido para los muebles que contenía, en el rincón más apartado de su entrada. Unos sillones y mesitas bajas, todos visiblemente ajados por el tiempo.

Las pinturas en las paredes, sin embargo, eran imponentes. Y en mis solitarios paseos, cuando mis pasos provocaban ecos, estudiaba minuciosamente los detalles de cada una, teniendo la sospecha de que existía una relación entre ellas. Mucho más tarde, cuando traspasé las puertas prohibidas y alcancé la biblioteca, encontré libros sobre ellas. Todas representaban figuras mitológicas. Apolo y Dafne, Diana y Actión, Píramo y Tisbe, Orfeo y Eurídice, las grandes leyendas estaban representadas en tonos que recordaban los óleos de Botticelli. Las mismas escenas pobladas de incidentes, los rostros entristecidos como sabiendo que todo terminaría en tragedia, que no había finales felices. Las vírgenes de vestidos vaporosos, largos cuellos pálidos, labios gruesos cerrados con firmeza y cabellos abundantes y ondeados. Y de fondo, como en *La primavera*, el bosque sombrío, repleto de árboles y enredaderas y frutos maduros y pétalos de flores. Cada día me detenía en un detalle distinto, algo que nunca antes registré. A diferencia del tapiz de mi cuarto, que era definido y preciso en la sinceridad de los rasgos y los matices, los cuadros del pasillo tenían esa ambigua mezcla de colores y elementos que me trasmitía inquietud.

El *palazzo*, en verdad, con su olor a museo y sus descomunales cuartos silenciosos, contribuía a crear la atmósfera de desasosiego.

Por la noche nos preparábamos para salir. Flora me prestaba vestidos floreados de su vasto guardarropa y yo los usaba sintiendo que me apretaban en las axilas y que mis espaldas eran demasiado anchas para ellos. Rafael usaba trajes impecables o frac y no se aflojaba el cuello hasta que regresábamos. Las fiestas a las que asistíamos resultaban en su mayoría de extranjeros como ellos mismos, pasando años o vidas sabáticas en la elegante Venecia. Tan pronto eran *soirées* en otros *palazzi* del Gran Canal o improvisados *happenings* de arte en lugares reconvertidos de la ciudad. Como el Arsenale, una vez astillero para los barcos que comerciaban por el Adriático, ahora transformado en centro de exposiciones.

En la inauguración de una muestra de instalaciones de arte moderno, entramos los tres tomados del brazo; yo, como siempre, en el medio. Flora nos dirigía a distintos grupos de comensales y hacía las presentaciones y luego partíamos de nuevo, tras minutos de charla, como un crucero, a atravesar la marea de gente en busca de más conocidos. Ocasionalmente, mareada de escuchar nombres que jamás recordaría y conversaciones en una confusión de idiomas acolchados por la estridente música, me escabullía a una esquina y miraba desde afuera los complicados armazones de tubos fluorescentes, sacos de arena, televisores apilados y plásticos que constituían el espectáculo. Quería, pero no podía, atravesar su significación, hacerme carne con ellos y recibir a cambio alguna sensación legítima. En vez de eso, me distraía el público, que sabiamente ignoraba la escenografía para emborracharse y flirtear, o hacer escenas, un *hobby* italiano que cualquier extranjero podía contagiarse en cuestión de tiempo.

Caminaba por entre las estatuas vivas de sexagenarios embutidos en joyería dorada, jóvenes perforados en las curvas del rostro, mozos de uniforme descansando junto a los piletones que una vez contuvieron barcos de verdad. Desde mi escondite veía a Flora, caminando esbelta y logrando captar la atención de cuanto hombre se le cruzaba. No diría que era bella, pero su robusta cabellera rojiza atraía miradas y su modo de hablar, tenía ese aire de algunas mujeres que con sutileza femenina controlan todo lo que las rodea. Jamás entendí cómo lo conseguían, pero nunca pasaban desapercibidas.

De cerca la seguía Rafael, pero su atención no estaba puesta en la ondeante melena de su compañera, mucho menos en su cuello de marfil, parecía ocultar algo en sus manos y, creyéndose a salvo de miradas en la penumbra, sus ojos cobraban un tono ligeramente amenazador.

Para cuando nos reunimos en la lancha, listos para volver, Flora había aflojado sus facciones concentradas en seducir y Rafael recuperado su aire jovial de galán trotamundos. Mecidos por las olas, nos quedamos observando el horizonte, que en medio de la noche venía a ser la silueta de San Giorgio Maggiore en negro, sobre un cielo plateado por la luna nueva.

Aún hacía calor y el vestido se me pegaba al cuerpo. Rafael esgrimió lo que sustrajo de la fiesta, una botella de champagne y copas de cristal.

—*You shouldn't...* —empezó Flora, dispuesta a regañarlo, pero Rafael le daba la espalda para hacer saltar el corcho en dirección a la cúpula de la iglesia.

—Brindemos por el arte —dijo él con voz gangosa.

Yo también estaba atontada por el alcohol y dejé que Rafael se instalara entre las dos y nos besará por turnos el cuello y las mejillas.

—Me pregunto si habrá sido lo mismo para los renacentistas —dije—, ver lo que los contemporáneos pintaban y no entender...

—¿No entender qué?

—El sentido de la época... —aclaré tímidamente—, ¿creen que esto que vimos hoy quedará en la historia como el estilo del siglo veintiuno?

—Cómo saber... —Rafael recogió el guante—. Sólo la historia nos juzgará, ¿sí? Creo que todas estas corrientes artísticas no son más que intentos de imitar a los dadaístas, a Warhol cuanto más, fueron los últimos en inventar algo...

—¿Decís que desde los años veinte no hay ideas nuevas? —pregunté un tanto escandalizada.

Rafael se sumió en un discurso plagado de pausas en las que trataba de hilvanar sus ideas, o de recordar un alegato que estaba acostumbrado a repetir en voz alta. Habló del azar y la escritura automática y la necesidad de hacer arte fuera de los carriles institucionales. Flora miraba el horizonte, ya había escuchado esto antes y cada tanto aportaba algún sustento.

—Flora y yo tenemos un gran plan para volver a las raíces, ¿verdad?

Ella asintió, más bien distraída.

—¿Cuál es? —pregunté, aunque el sueño ganaba terreno.

—Haremos una comunidad de artistas y lucharemos a favor de la imaginación y en contra de las estructuras y lo que asfixia al arte...

Podríamos haber discutido toda la noche. Pero Flora estaba inquieta por seguir en el mismo sitio y yo al rato perdí el interés. Pese a ello, las palabras de Rafael me recordaron párrafos e imágenes de los libros del Abuelo y me transportaron en el tiempo y el espacio hacia el lugar donde mi precaria educación comenzó. Gracias a él, ahora sentía más que nunca que no poseía nada. Y que no pertenecía a ninguna parte. Las palabras —huecas— de Rafael en lugar darme consuelo me quitaban refugio.

Por fin se calló y en breve estábamos volviendo, recorriendo el Gran Canal lentamente mientras comenzaba a clarear tras las cúpulas.

Evité más que nunca la mirada de Pomona, me arrebujé en las sábanas tibias y oculté la cabeza bajo una almohada para facilitar la inconsciencia que da el sueño.

Por supuesto que me preguntaba cuál era la relación entre ellos. Esos recuerdos compartidos, los planes para al futuro —incluso si eran absurdos—, la misma mirada endurecida del exiliado... seguro tenían cosas en común. Los vi besarse y juguetear en más de una ocasión. Pero siempre tenía ese aire antiséptico, como si fueran hermanos o estuvieran aburridos el uno del otro. Quizás los unía un tercero —yo— que al mirarlos actuar les permitiera reflejarse. Tal vez era cierto que tomaban rehenes para no estar a solas. ¿Y si ocultaban algún pasado terrible, un hecho común delictivo o deshonroso? Todo lo que sabía de ellos era lo que ellos quisieron contarme. Por otro lado, ellos podían decir lo mismo de mí. Cuando me cansaba de este ajedrez mental pensaba en las otras posibilidades —volver a Buenos Aires, llamar a mi familia, trabajar en el restaurant, nunca más ver al Abuelo de nuevo— y decidía que el *palazzo* y sus ocupantes no eran tan peligrosos. Y me quedaba, un día más, una semana más, una fiesta más. Sorbiendo Bellini, recorriendo la casa como un fantasma, visitando mansiones llenas de desconocidos del brazo de Flora y Rafael. Conseguía, al menos, aliviar la pena y evitar la condena de volver.

(festa del redentore)

A veces el problema es la conciencia. La afilada y sigilosa conciencia de las cosas y su aterrorizante posibilidad de no ser. La fragilidad de saber constantemente que todo puede no ser, que cualquiera de estos días un Colón cualquiera puede lanzarse a los mares y descubrir por casualidad un alargado continente que no aparecía en los mapas. O mejor, que el mapa era incompleto. De todos modos, ¿cuándo se sabe a ciencia cierta que un mapa está completo?, ¿con cada centímetro de tierra real, verde y marrón, prolijamente dibujada en un papel chato? Ningún mapa de Venecia, dicen, es capaz de mostrar todas las calles y pasadizos de la ciudad del agua. Si es así de una ciudad tan pequeña, entonces ni hablar del resto del continente, o del cosmos.

¿Cómo podemos vivir con la eterna incertidumbre de lo que vemos u oímos o sentimos con la punta de los dedos? Nuestras hormonas corriendo afiebradas por el cuerpo, nuestras sinapsis conectando neuronas que todo el tiempo inventan olores, antojos, depresiones, ira, euforia. ¿O las pastillas de colores, como caramelos, lo hacen por nosotros?

Creamos rutinas. Rutinas que son como menús y que encierran hacendosamente nuestro mundo cotidiano, que trazan el borde del mapa y le ponen nombres a cada cosa para que el terreno que todos los días podríamos cuestionar sea seguro y no tengamos que temer, cada mañana, lo que va a pasar cuando intentemos salir de la cama. ¿Será como ayer y a lo sumo controlaré la gravedad y me erguiré para desperezarme, ir al baño y luego a la cocina a preparar café? O tendré un buen día: ¿saldré flotando por el cuarto y desembocaré en la ventana y me perderé en el confín del universo, que ya no será el mismo universo de los documentales de Discovery Channel?

Eso es lo que hacemos. Compramos objetos que nos delimitan el terreno, objetos con peso propio y masa y colores específicos para que nos recuerden todos los días que todo sigue igual y no hay por qué transpirar o recordar que no sabemos nada de lo que está afuera de nuestra mente. Repetimos los mismos gestos mañana tras mañana hasta que pierden sentido. Vemos los mismos programas y las mismas series que inevitablemente nos reaseguran nuestros valores, ilusiones, fantasías compartidas, en apariencia por lo menos, por el porcentaje de humanidad que tiene televisión con cable.

Y cuando algún texto, leído o escuchado sin querer, revuelve la duda subliminal sobre si lo que vemos y tocamos está ahí, sólo hay que sujetarse a la mesa de luz, que está donde siempre; o tomarse un té, que tiene siempre el mismo sabor; o leer una novela de la infancia, que termina siempre de la misma forma. En un rato, si nos aferramos a la fe de que todo eso representa lo real, y no al revés, el eterno dilema de lo cóncavo y lo convexo, las palpitaciones cederán, la transpiración en las axilas se secará dejando sólo una molesta sensación de suciedad. La misma mancha que lavamos con tanto esmero en nuestra conciencia.

¿De qué tengo miedo? Por supuesto que no de los otros, ni siquiera de esta ciudad siniestra, ni del agua que ronronea y crece amenazando con ahogarme. Tengo miedo de lo que hay dentro de mí, no afuera, de los impúdicos demonios internos, del lado oscuro, de todos los pensamientos sucios que esperan una rendija de acostumbramiento para salir a la superficie, otra vez. Así que, construyo fuertes y ciudades y dibujo mapas y creo que estoy en control. Y el juego recomienza.

Esa noche, la de la lluvia, con los ojos entrecerrados, embutida en la bata blanca y esponjosa que me prestaron para que me sacara la ropa mojada, los veía hablar y reírse, despreocupados, y quise desesperadamente olvidar que eran unos perfectos extraños en un caserón desconocido en el confín de la tierra y pretender que eran, digamos, familia. Hermanos. Primos. Rodearme de cálidos lazos donde poder adormecerme sin temer. Ellos se tocaban en el sofá de enfrente. Como chicos, como novios de infancia, como animalitos. Y hablaban en inglés, en un inglés rápido y americanizado al que le faltaban la mitad de los sonidos y al que nunca podía aspirar a entender. Me entregué a ellos como un trato por mi desdicha de larga data.

Por algunos días más funcionó. Rafael y su sonrisa inmaculada. Flora y su espontaneidad llena de vida. Fingí adaptarme gozosa a la rutina de desayunos en la cama oliendo el Gran Canal, largas tardes tomando aperitivos en los *campi* y noches de fiestas exóticas en algún *palazzo* o alguna *villa*.

La de aquella noche fue una verdadera bacanal.

La lancha nos depositó en las escalinatas de entrada —parecía haber perdido el interés por el hecho de estar al lado o sobre el agua— de uno de los más barrocos edificios del Gran Canal. Paredes hechas de enormes bloques de mármol blanco, ventanas angostas y afiladas, decoradas con máscaras grotescas e infinitas columnas remachadas con diseños de hojas y flores. Una *loggia* cubierta de pétalos, un pórtico finito y un inmenso salón cubierto de velas. La luz anaranjada caía sobre nosotros como una nube y las aureolas de fuego se reflejaban en los espejos que cubrían las paredes, repitiéndose hasta el infinito. La música tronaba, una orquesta que tocaba Gershwin, la gente se deslizaba y desaparecía por los innumerables escondrijos. Por suerte, Rafael y Flora no me abandonaron ni a sol ni a sombra y, por el contrario, me presentaron como una amiga íntima. Conocí muchísima gente esa noche, caras que se desvanecerían de mi memoria en cuestión de minutos.

En el transcurso de la velada, entre *hours d'ouvre* y champagne, vi escenas congeladas, como si mi mente se hubiera convertido en una enorme cámara Polaroid. Un tipo de alrededor de setenta manoseándose con una chica de no más de dieciséis; una pelea airada de amantes, donde él gritaba y agitaba los puños y ella se aferraba a su solapa; un mozo acariciando una estatua de un efebo, olvidado de la bandeja cubierta de comida en su otra mano; personas viejas y jóvenes inmóviles. Pasara las veces que pasara, permanecían en el mismo lugar y con la misma mirada perdida, vacía, que dolorosamente me recordaba al

Abuelo. Y con la guardia baja por el alcohol, hubiera perecido varias veces si no fuera por la imperante necesidad de mis amigos de sociabilizar con todos los invitados. Una y otra vez Flora encajaba besos en sendas mejillas y nos arrastraba como esos barquitos que, a la vista insignificantes, mueven cargueros gigantes con un mínimo esfuerzo. La misma gente, mirara donde mirara, la misma gente.

A veces, Flora me agotaba. Y eso que en secreto estudiaba las combinaciones en apariencia casuales de sus conjuntos, sus poses y su manera de modular cuando hablaba con hombres. Los hombres languidecían por ella. Por supuesto, no se quedaba mucho en el mismo lugar y eso lograba que el misterio alimentara el deseo. El halo de perfume, la imagen en la retina, el recuerdo de sus palabras, pero no la persona de carne y hueso. Me preguntaba cómo haría el amor...

Debo reconocer que era perfecta para olvidarse de las propias penas y ocupar el tiempo, como un *hobby* nuevo, lleno de desafíos. Se entregaba fácil y así también se alejaba. Ese era el truco. Para mi necesidad de calor, no era suficiente, pero jamás decía no o hacía evidente su distancia. Y uno consideraba que la abrumaba a ella.

Traté de encajar. Oculté los restos de mi pena, cobijé mi angustia, por una vez intenté ser transparente. Y me plegué a todos sus hábitos. *No es difícil* —me repetía como un mantra— levantarse al mediodía, arrastrarse hasta la tarde amodorrados en alguna sala del *palazzo*, tomar aperitivos en la *piazza*, cenar en restaurants caros y concurrir a fiestas. Esto último, sin embargo, me extenuaba. Tantos rostros, tantos nombres, tantas conversaciones vacías e innecesarias. Me llevaban entre sí, Flora y Rafael, como un amuleto. Y aun cuando las caras empezaron a repetirse, nadie me reconocía a mí, nadie recordaba mi nombre y mucho menos se preocupaba en saber mi estado. Presté atención. En realidad, nadie se interesaba por nadie más. Las preguntas eran generales y retóricas, comprobé que ninguno de mis amigos profundizaba con los demás. Era más bien una cuestión de aparecer, mirar quién estaba y quién no —y con quién—, tomar vino y escabullirse a algún cuarto vacío de la casa, donde compartir los chismes recogidos. El rito, al principio nuevo y divertido, empezó a ponerme nerviosa. Con todo, les seguí la corriente, y es que, de hecho, seguía siendo la mejor de mis opciones.

Una noche presencié la metamorfosis de Flora, quien delante de mis ojos se transformó de mujer fatal en niña temblequeante. Se hacía tarde para salir, era una de esas noches de calor agobiante, los cuerpos drenados de líquido y energía, la casa silenciosa, hasta el surcar del agua por los barcos se escuchaba desganado. Los cuartos eran incubadoras y las paredes se poblaban de poros de humedad. Inquieta por la posibilidad de lluvia y *aque alte*, me mantuve junto a Flora tras la cena. Rafael no nos acompañó. A pesar de que Flora entró varias veces su habitación a levantarlo, él prefirió quedarse todo el día donde estaba y no concederle el éxito a su amiga. Las llamaradas como de aliento humano que inundaban de a ratos las habitaciones sembraban la posibilidad de la tragedia, el caos de lo que no se puede evitar.

Acompañé a Flora a su cuarto. Era la primera vez que entraba y no pude evitar una mirada de atento reconocimiento. Los muebles eran los mismos que en mi habitación, pero en simetría invertida. La cama de dosel tenía cortinas púrpura, y había una otomana tapizada en terciopelo del color del durazno. Sobre el tocador vi incontables envases de maquillaje y pilas desordenadas de CDs. Después reparé en el pequeño estéreo a un lado de la cama, anacrónico en medio del *palazzo* gótico. La luz de las falsas velas caía cansina sobre nuestras cabezas, provocando sombras alarmantes.

Sin previo aviso se pone a llorar, se estruja las manos, el pelo rojizo desordenado pegado a su cuello y mejillas.

—¿Qué pasa? —pregunto lo obvio sin saber cómo reaccionar. No me animo a tocarla.

Me cuenta de sus pesadillas, donde sus padres mueren en terribles accidentes y ella, separada por distancias infranqueables, no llega a despedirlos. Lo que la hacía seductora y encantadora a los hombres desaparece para dejar paso a la adolescente maltrecha cuyo pasado finalmente la alcanza para recordarle el vacío que lleva adentro. Esbozo gestos, palabras de consuelo, ella me mira y escucha con atención, ávida de ser tranquilizada. Tengo la urgencia de huir, de irme tan rápido como mis piernas puedan llevarme, pero al menor intento, ella se muestra destrozada. Por favor no te vayas, porfavor. No me dejes sola, noestanoche, por favor. Y me voy quedando. Veo que está dispuesta a darme lo que quiera, cualquier cosa. Y ya me lo ha dado todo, excepto sus anécdotas tristes. Con eso intenta retenerme. Las imágenes glamorosas de Londres, Roma, París se tiñen de la espera penosa del condenado a vagar, el eterno nómade que no entiende por qué es vital migrar, en busca de qué.

Mi pasada envidia se trastoca en compasión y le seco suavemente las lágrimas, hago chistes, sugiero viajes al armario de las bebidas. Nos escapamos a la cocina armadas con botellas de champagne y duraznos blancos y hacemos Bellini con hielo picado. Los sorbemos, fríos y ácidos, y toda intranquilidad se desvanece.

Volvemos al cuarto, se desploma en la cama, me tumbo en la otomana color durazno y no paramos de reír ante el color repetido de las copas y el sofá, el sofá y las copas. Un breve viento agita las cortinas y caemos en silencio, agotadas por el aire espeso, el alcohol recorriendo nuestros cuerpos, y escuchamos los cantos de los *gondolieri* y las risas bufas de los turistas.

Me sobrecoge la melancolía, pienso en el restaurant y las trasnoches donde nos quedábamos poniendo orden y comiendo las sobras, a veces hasta el amanecer. Me acuerdo del Abuelo y mecánicamente miro el tapiz del cuarto de Flora. Pero no, no hay vírgenes acusadoras allí, sólo un árbol cubierto de frutos —¿manzanas?— y unas aves de cola larga — ¿pavos reales?— y hojas azules y doradas.

Empiezo a hablar como si estuviera sola. Le revelo mi secreto. Le cuento la historia del restaurant, mi familia y el Abuelo. La parálisis y la postal y los ojos vacíos. Y mi misión. Desparramar sus cenizas en el lugar donde el Gran Canal se hace mar. Frente a la Dogana di Mare. Flora me observa con ojos violáceos y quiere saber cómo sigue. Le confieso mi temor al agua. No me cree, me ha visto subir a la lancha impertérrita. Pero una góndola...

—Podemos ir juntas —las mejillas secas, una llamita en sus pupilas—. Para la Festa del Redentore.

Se trataba de un festival religioso durante el tercer domingo de julio. Cuando se derrotó a la peste, el Senado de la República prometió construir un templo en la isla Giudecca en honor del Cristo Redentor e ir en procesión todos los años. Durante el día, cientos de botes decorados con ramas y globos multicolores se juntan en el Canal de la Giudecca y las multitudes se amontonan en las orillas y en los balcones para ver el festival. Por la noche hay fuegos artificiales y los barcos se dirigen hacia la Iglesia del Redentore, donde se celebra la misa. Luego, todos se dirigen a las playas del Lido en donde se espera el amanecer.

—Es una idea excelente —musité, doblegada por el cansancio y las emociones.

Y me fui, una vez que Flora se quedó dormida, a dar las buenas nuevas a Pomona, que a la luz grisácea del amanecer parecía conforme al fin.

Flora se convirtió en mi hada madrina. Me daban recelos sus razones, sospechaba de todos los favores gratuitos, pero yo había alzado la voz y mostrado la herida, no podía imaginar las intenciones de ella. O de Rafael, que apenas reapareció —descansado y sonriente como si nada hubiera sucedido— se sumó a los preparativos con presteza. Alquilaron una góndola negra con adornos dorados y hasta fuimos de compras. Adquirí un fino vestido de encaje negro y medias de seda haciendo juego.

Me poseía una gran tristeza, como si el Abuelo hubiera vuelto a morir. Saqué el cofre de mi equipaje y lo coloqué sobre la mesa de luz. Durante los días que quedaron conversé con él, como si fuera un animalito en coma, y le expliqué el procedimiento que seguiríamos. Estuve por llamar a Buenos Aires varias veces, pero no lo hice.

Finalmente el día llegó. Soleado pero increíblemente fresco. Desde las primeras horas de la mañana se escuchó un fragor redoblado en las aguas del Canal. En las calles la gente se había multiplicado, la ciudad entera simulaba un hormiguero en un día de batalla. Se veía de todo: turistas, venecianos y vecinos de otras islas. Los puentes estaban embanderados con carteles agradeciendo a Dios por la salvación de Venecia. El fin de la peste, el fin de la infección que recorría a través del agua y los cuerpos sudorosos su camino de extinción.

Apenas empezó a caer el sol, nos metimos en la góndola los tres y nos dejamos llevar por el experto *gondoliere*. Rafael lucía un traje informal, la camisa blanca con el cuello distraídamente desabotonado. Flora de color marfil, el cabello rojo en alto, las mejillas un tanto sonrosadas. La góndola era un navío estrecho y poco profundo, con asientos de terciopelo negro con borlas doradas. El *gondoliere* desentonaba con el tono fúnebre, su traje a rayas rojo y blanco y su cuerpo fornido lleno de vida. Silbaba bajito mientras nos deslizábamos hacia el Canal della Giudecca.

Yo sostenía el cofre en mis manos, la textura grosera de la madera barata junto al encaje fino de mi vestido. Trataba de olvidar que sólo una delgada capa de madera nos separaba del fondo del mar. Era el fin de mi misión, la concreta, al menos, y Buenos Aires se veía tan lejana y opaca...

Lo que contaba era que Venecia estaba de fiesta. Los locales y turistas olvidaban la diferencia de culturas para emborracharse con prosecco en cada bar y en cada *piazza*. Los canales pululaban con todo tipo de embarcaciones, estaban los habituales barcos comerciales, hoy llenos de familias, las góndolas con sus remeros cantando a voz en cuello, los *vaporetti* engalanados con los colores de la ciudad y su símbolo del león. Nos dirigimos hacia donde la masa se abultaba. Rafael notó el temblor que no lograba ocultar cuando me tocaba, y me alcanzó una botellita con un licor muy fuerte que terminó de marearme pero mató mis nervios. Sólo me quedé allí, viendo a Flora flirtear con el gondolero y a Rafael canturrear estrofas de canciones a manera de respuesta a otras naves, clavada en mi asiento de seda roja, aferrando con desesperación el cofre como si fuera un trofeo.

Abuelo, monologué, *te vas a ir definitivamente y aún no sé tu secreto. Dame una pista. No quiero terminar como vos. ¿Qué fue lo que dejaste en Venecia? ¿Qué te mató? ¿Qué te hubiera salvado? Siento que jamás descansarás en paz si yo no te vengo... ¡me he pasado semanas mirando tu postal desde todos los ángulos y no descubro nada, no veo nada, no es justo!*

Debo haber gritado porque los otros tres detuvieron lo que estaban haciendo para mirarme. Rafael se aposentó a mi lado e intentó abrazarme. En la bruma del crepúsculo creí que quería tomar el cofre y lo aparté bruscamente con la mano izquierda. A causa de la inercia, la tapa se cayó y el contenido se desparramó en el Canal. Cuando reaccioné y miré en su interior, estaba vacío. Comencé a sollozar abrazada al cofre. Rafael y Flora se sentaron, uno de cada lado, y mientras se turnaban para acariciarme el pelo, me susurraban palabras al oído. Yo estaba demasiado aturdida para escuchar.

Seguimos navegando junto a las demás embarcaciones, rumbo a la isla Giudecca. Anochecía y miles de luces y farolitos se prendieron a lo largo de las orillas. La gente brindaba y cantaba con voz gangosa, era como un carnaval acuático. Cansada de llorar, me quedé callada en mi sitio. Al llegar a los escalones de la iglesia, Flora y Rafael me ayudaron a bajar, uno de cada lado, y me hicieron ascender hasta la puerta, entre una muchedumbre de gente sudada y vahos de alcohol. Preferí no entrar, aunque escondí el cofre en un pliegue de la puerta de entrada. A quien corresponda. Algo de alivio se coló entre mis huesos y me preparé mentalmente para los festejos de la noche.

Sentada en las escaleras de la Iglesia de Il Redentore, con el agua lamiendo mis pies, el Canal cubierto de embarcaciones repletas de extraños, suspiré aliviada, concentrada en la silueta negra de la Dogana di Mare contra las antorchas de las ventanas de los *palazzi*. Los esperé ahí fuera, se había levantado una brisa subrepticia y me sentía liviana, libre de culpa y cargo.

Cuando la misa terminó, Flora y Rafael emergieron de entre la multitud de gente que se desparramó sobre la entrada, en busca de sus navíos para continuar la travesía. Flora me abrazó y pude oler el agua bendita con que se mojó la frente. Buscamos a nuestro *gondoliere*, que bebía junto a otros compinches. La procesión de góndolas y barcos se dirigió al Lido, la gente aplacada, dejándose guiar. Algunos tenían linternas y otros faroles con velas. Los fuegos artificiales estallaron en el cielo despabilando al público. Trazos rojos, verdes y azules marcaron la bóveda negra y sin luna entre explosiones de júbilo. La góndola se mecía sobre el agua al compás de los gritos. Me dolían los ojos y los entrecerré, ocultando la cara en el hombro de Rafael.

Cuando llegamos al Lido era noche cerrada, los fuegos artificiales se extinguieron dejando un hálito a pólvora en el aire caliente. La gente se esparció por las playas sombrías, creando lugares de luz con sus velas y linternas. A lo lejos, los grandes hoteles elegantes resplandecían en silencio.

Rafael acarreó la canasta con vino y viandas y fue como un pícnic, en medio de la noche. Escuchábamos cantos endebles y susurros en italiano, que traía el viento. Me adormecí entre uvas y prosecco, la cabeza sobre las piernas de Flora. Rafael se alejó, musitando algo en francés. A medida que se acercaba a la orilla, su voz fue en ascenso.

—*Comment veut-on ordonner le chaos qui constitue cette infinie informe variation: l'homme? Le principe: "aime ton prochain" est une hypocrisie. "Connais-toi" est une utopie plus acceptable car elle contient la méchanceté en elle. Pas de pitié. Il nous reste après le carnage l'espoir d'une humanité purifiée.*

Escuchamos.

—¿Qué es eso? —pregunté a Flora, a media voz.

—El manifiesto dadaísta —fue la respuesta automática, adormecida.

—¿Está borracho?

—Quizás.

—*... peintre nouveau crée un monde... en pierre, bois, fer, étain, des rocs, des organismes locomotives pouvant ... tous côtés par le vent limpide de la sensation momentanée...*

El viento era cada vez más atrevido traía retazos de la voz de Rafael, cada vez más fuerte.

—*Idéal, idéal, idéal...boumboum, boumboum, boumboum.*

Cada vez más fuerte.

—*Il n'y a pas de dernière Vérité...*

Hasta convertirse en un grito de auxilio.

—*Tout produit du dégoût susceptible de devenir une négation de la famille, est dada; ... DADA; connaissance de tous les moyens rejetés ... le sexe pudique du compromis commode et de la politesse: DADA; abolition de la ... impuissants de la création: DADA; de toute ... installée pour les valeurs par nos valets: DADA ...Liberté: **DADA DADA DADA**, hurlement des douleurs crispées... contraires et de toutes les contradictions, ... inconséquences: LA VIE.*

La voz muere pero el espíritu queda, La VIDA, la VIDA, la vidalavidalavidalavida, los fuegos artificiales en la retina, las voces ajenas en el tímpano, la piel sudada en la piel, el viento cubriendo todo, apagando todo, callando todo, matando todo.

Mucho más tarde, el sol.

(la peste)

E incluso después de todo eso, no terminas de encajar, deambulas por todas partes sin sentirte nunca en casa, aunque ello te da una sensación de libertad que ayuda a compensar la enorme necesidad de descansar.

El día siguiente Flora amaneció con fiebre. Nadie se alarmó, habíamos vuelto a casa de madrugada y totalmente borrachos. Nos ocupamos de que tuviera suficiente agua, té y vitaminas y la dejamos dormir. Rafael y yo no salimos, nos quedamos toda la tarde y parte de la noche rondando por el *palazzo*, haciendo un plano mental de las habitaciones y buscando algún cuarto secreto, de esos que eran famosos en las mansiones venecianas.

Rafael, el experto en arte, me explicó las referencias mitológicas de las pinturas del comedor.

—...es una manera de copiar a Botticelli —los acentos de los idiomas confundiéndose en un tono ácido—. Walter Pater decía que los personajes de los cuadros de Botticelli estaban perpetuamente entristecidos por las grandes cosas de las que se acobardaban...

Observé la Venus, rubia, casi desnuda; y la diosa de la primavera, cubriendo su vientre redondeado con un vestido floreado; y Cupido y Zéfiro, compartiendo un escenario imposible, atiborrado, en medio de un bosque maldecido cubierto de frutos prohibidos. Y las tres Gracias: Castitas, Voluptas y Pulcritud, en su danza solipsista, olvidadas del mundo en su ronda tomadas de las manos, los cuerpos rosados apenas cubiertos de gasa transparente.

—Son hermanas —acotó Rafael, tocando ligeramente la pintura—. Se ve la relación; una hermana da, la otra recibe, la tercera devuelve el beneficio. Es el circuito de la generosidad.

Le pregunté por los tapices de las habitaciones.

—Copias, más copias... de los Prerrafaelitas... sabes, Rossetti, Burne-Jones, William Morris.

Me paseó por las habitaciones, empezamos por la mía.

—Pomona es la ninfa de las frutas, las manzanas en especial. Se supone que era inmune al amor, pero uno de los faunos consiguió enamorarla al fin...

—¿Y el árbol de fruta de la habitación de Flora? ¿Está relacionado?

—No lo creo... es el único tapiz que no tiene seres humanos...

—¿Y qué hay en tu pieza?

—Ven —me tomó de la mano y atravesamos el pasillo, aturdidos por el espesor del aire caliente.

Los últimos rayos de sol caían perpendiculares sobre la cabecera de la cama. Escasamente amoblada, como los otros cuartos, la pieza parecía, si se podía, más vacía que las otras. Me senté en el único sillón para estudiar el tapiz. Eran dos seres entrelazados, los cuerpos dorados, un hombre y una mujer; él, tratando de liberarse; ella, aprisionando su pecho.

—Demophoon y Phyllis. La más vieja historia. Él la enamoró y se fue, prometiendo volver.

Pero nunca volvió. Y ella se suicidó después de esperarlo en vano.

La lección de arte en el *palazzo* asfixiante de calor disparó mi claustrofobia. Pero a dónde ir, no podía dejar a Flora sola y Rafael... podía caer en sus comas depresivos en cualquier momento. Y las mucamas... pensándolo bien no había escuchado mucho trajinar durante el día. Me escapé del cuarto y la compañía de Rafael tan pronto como pude y fui a cuidar a Flora.

Yacía entre las sábanas revueltas. El calor empezaba a ceder. Su piel, antes blanca, se veía agrietada y su cabello estaba desordenado y opaco. Parecía castaño. Estaba semidespierta y sonrió débilmente al verme. Insistí en que comiera. Vi los restos de comida en la bandeja a un lado de la cama. Dijo que tenía sed y le alcancé una copa con agua. Sus dedos tropezaron con los míos y la sentí hirviente. Entré al cuarto de baño en busca de una aspirina. El botiquín estaba repleto de maquillaje. El lugar olía al perfume que ella siempre usaba.

Flora había pasado todo el día en cama y, pese al decaimiento, se negaba a dormirse. No tenían televisores en las habitaciones y puse el estéreo bajito, una música de jazz muy suave. Me pidió que me quedara con ella y me arrellané en el sofá a su lado. Sólo quedaba el velador prendido y desde donde estaba veía el tapiz del árbol cubierto de frutos. Hablamos de nimiedades e hicimos planes para el día siguiente. Por fin se quedó dormida, aferrada a la almohada, la piel cubierta de gotitas de sudor. La cubrí con la sábana de hilo y me fui, dejando la luz encendida.

Cuando volvía a mi cuarto pasé por la habitación de Rafael. Apoyé el oído en la puerta pero no pude escuchar ruidos. Sin embargo, se filtraba luz por debajo.

Las historias de Rafael me causaron pesadillas. A lo largo de la noche pegajosa, me levanté mil veces a enjuagarme la cara y los brazos, pero cada vez que cerraba los ojos veía los personajes de la leyenda. Los cuerpos dorados palidecían hasta quedar blancos e inmóviles y el agua los cubría hasta que no se veía nada. Me desperté sobresaltada una y otra vez hasta que empezó a amanecer. Entonces caí en un sueño trasparente y profundo.

Desperté con un estertor. El sol estaba alto y yo me encontraba bañada en transpiración. En cuanto pude me acerqué al cuarto de Flora. Las sábanas revueltas y húmedas, arremolinadas junto al cuerpo hirviente de mi amiga. Me costó despertarla. "Tenemos que llamar al médico", le dije, "seguís con fiebre". "No, no", rogó. Otra vez la mirada suplicante. "Es sólo una gripe", dijo, "soy muy propensa a resfriarme. Sólo tengo sed". Suspiré y prometí encargarme del desayuno.

Recordé que la cocina estaba al final del corredor y fui allí para encargar el desayuno. La mucama más joven, Serena, se puso a trabajar industriosamente. No tenía señales de Rafael. Después sabría que se pasó la noche en vela, midiendo las habitaciones con una regla de escolar.

Nunca estuve tantas horas seguidas en el *palazzo*, y descubrí que me movía como en casa, de memoria. Extraño, como uno se adapta al cobijo de la casa, y el cuerpo propio se expande o achica en función de rellenar los límites del lugar donde habita. Cómo, si no, explicar mi traslado reciente de la diminuta pieza de hotel al gran palacio y, sin embargo, no me sentía cohibida o agorafóbica.

Me ocupé de untar las tostadas de Flora y de vigilar su sueño hasta que acabase la siesta. Las mucamas solían retirarse a dormir hasta la hora del té. Busqué a Rafael entonces, pero seguía sin abandonar su cuarto. Confieso que me asomé, y vi su cuerpo desnudo desparramado sobre la cama deshecha. Me acerqué. En la penumbra, sobre la mesa de luz, encontré los planos hechos a mano con minuciosa pulcritud. Se podían ver números escritos junto a las líneas que demarcaban las paredes. Y sectores de aparente oscuridad donde aparecían cruces y signos de interrogación. Estuve tentada de llevármelos para recorrer los rincones misteriosos. También de tocar la piel brillosa de sudor de Rafael.

Así que me fui, y en la claustrofobia de mi súbita prisión me dirigí al *cortile*. Sospechaba que estaba ubicado en el corazón del *palazzo*. Rodeado de extravagantes columnas dóricas, cubierto con mosaicos desgastados por el tiempo —se reconocía el fino dibujo de ramas y enredaderas todavía— el patio era el único lugar que tenía acceso a cielo abierto. Era una tarde de sol y la frescura de la piedra se mezclaba con el aire caliente en un vaho que aletargaba mis músculos. La imposibilidad de salir de la casa, la encarceladora enfermedad de Flora, la misteriosa ausencia de Rafael, todo se combinaba para confirmar mis sospechas de una trampa. Nada ni nadie escapa a las reglas cósmicas del tiempo y el espacio. El *palazzo* no era más atemporal que el restaurant ni Venecia más anónima que Buenos Aires. ¿Cómo sobrevivir? Cuando hay que esperar y retener las ansias de escape, cuando se sabe a ciencia cierta que uno se quedó demasiado, se dejó estar ¿y ahora puede que sea muy tarde? De repente deseé no tener padres ni familia esperando, no tener red, no tener cobijo ni país de origen ni lengua madre. Deseé estar más allá de lo que me poseía y me ataba justamente porque me daba un nombre, un pasaporte, una categoría familiar, un grupo sanguíneo.

El *palazzo*, descubrí con un escalofrío, no era más que el reverso de Venecia, pero el animal encandilado estaba ahí afuera, esperando para ahogarme y dejarme en claro que no obtendría respuestas ni fin. Que debería nadar todo el tiempo en un mundo acuático y olvidarme de respirar, que había nuevas reglas, físicas y biológicas. Pero que siempre, siempre podía volver a Buenos Aires, al abrazo asfixiante de mis seres queridos.

El *palazzo* era la tercera piel, como decía el arquitecto. La primera es la piel por la cual nos diferenciamos del mundo, la segunda es la ropa y la tercera es la casa que nos recubre. Y yo me puse ese uniforme lujoso, aunque polvoriento, y fingí ser parte del ejército, pero tenía en realidad alma de desertora.

Volví al cuarto de Flora, que seguía dormida. Le coloqué paños de agua fría en la frente para bajarle la fiebre. El color se escapaba de su rostro, la textura de sus mejillas se convertía en pergamino, el cuerpo se envolvía de indiferencia, se curvaba, laxo, en posiciones poco naturales, el alma abandonaba de a pocos el lugar...

Regresé al *cortile*. Sentía que mi hidrofobia luchaba por resurgir. Me senté en un banco de piedra, ornado con flores y enredaderas; y al cabo de un rato, me hastié. Sabía que la única solución al encierro involuntario es la lectura, así que me lancé a encontrar la biblioteca, que, recordaba del plano improvisado por Rafael, estaba en el extremo del *palazzo* que daba a la calle. Subí y bajé escaleras, maquinalmente. Los ruidos apelmazados del exterior me llegaban a través de décadas de distancia y creí que podía estar sola sobre la faz de la tierra y sería lo mismo. La mayoría de los cuartos estaban clausurados, muchos tenían llave, otros se dejaban penetrar para ofrecer paredes desnudas, huecos desposeídos de objetos, más y más habitaciones sin muebles.

Cada tanto me topaba, misteriosamente, con la sala del comienzo, la del tapiz a lo Boticelli, y juraba que las vírgenes se reían de mí y las diosas alardeaban sobre su belleza y sabiduría.

Finalmente, la puerta correcta, el espíritu de Alicia guiándome, por supuesto no tiene llave y ahí está, la biblioteca. Las ventanas estaban clausuradas, pero el sol se colaba por entre la madera desvencijada alumbrando los múltiples estantes. Me quedé sin aliento. Era una habitación alta y angosta como una celda y tres de sus paredes estaban recubiertas de libros, del piso al techo. Y el techo, era una magnífica filigrana de soles, a lo William Morris, que se repetían simétricamente hasta el infinito. Los adustos estantes contenían ediciones de todo tipo, tamaño y encuadernación, e ignoro el tiempo que pasé recitando con voz emocionada sus títulos y autores. Los temas, autores y nacionalidades estaban desordenados y había diccionarios de todo tipo desperdigados por todo el lugar.

Los tomos de los libros se me ofrecen como pasajes de avión y las manos me transpiran como nunca mientras trato de decidir por dónde empezar. Aun así, en tinieblas y a través del polvo que cualquiera de ellos emana al ser ligeramente tocado, me siento transportada a donde se me cumplen los deseos. Recuerdo que los textos son caminos, puertitas, automóviles y trenes, pero también que parcelan la realidad, que deciden qué es cierto y qué no, que resuelven todas las dudas de manera críptica; en suma, que la biblioteca es como un enorme I Ching cuyas monedas esperan ser arrojadas. Yo, la feliz poseedora del tintineante cambio, sé que esto decidirá mi destino, pero que quedará en mí darle forma a la sentencia.

Empiezo por las definiciones.

*"**Claustrofobia**: Sensación morbosa de angustia producida por la permanencia en lugares cerrados".*

*"**Claustrophobia**: An abnormal fear of confined spaces."*

*"**Claustrofobia**: Timore morboso degli spazi chiusi."*

*"**Claustrophobie**: Crainte morbide des espaces clos."*

Me paraliza la súbita conciencia del azar, inmiscuyéndose en todo lo que creemos elegido, la imposibilidad de pasar de un idioma al otro límpidamente, la angustia crepitante de no poder atrapar lo que gira en la mente y encerrarlo en palabras. Me quedo de pie, en el aire quieto del calor, frente a los libros en distintos lenguajes y maduro la noción de que nunca podré entrometerme en otras conciencias, en otras mentes con la justeza con que lo hago en la mía. Tampoco los demás... como un sismo, recuerdo el castellano hablado en Buenos Aires, el idioma oficial de los porteños, y languidezco de melancolía, mintiéndome sobre el hecho de que nunca me sentí en casa dentro de mi lengua. El tango forzado, el enrevesado español de Borges, las traducciones de los libros de kiosco, los menús del restaurant, nada nunca encaja con precisión, como esos zapatos que aprietan o sobran por los costados. En mi cabeza resuenan las conversaciones en inglés de Flora y Rafael, el italiano tupido de las calles venecianas, el Babel de Piazza San Marco, el francés del Manifiesto Dadaísta.

Y todos los lenguajes eran como Venecia. Asfixiantes, húmedos, carcomidos por el agua y el tiempo, decolorados por el paso de la historia. El exilio forzado en el *palazzo* era un rizo del exilio en Venecia y del exilio en el resto del mundo y del exilio en la casa del Abuelo y del exilio en Buenos Aires. Estaba condenada tal vez a peregrinar por la faz de la Tierra hasta encontrar el sitio que me diera la bienvenida, donde el aire no fuera ni demasiado húmedo ni demasiado seco para mis pulmones. Estaba descontenida en una caja de zapatos cada vez más pequeña que la anterior, donde las profecías de Escher se cumplían a la inversa, cuanto más avanzaba y creía salir, más profundamente me enterraba. Las fronteras y los idiomas podían multiplicarse sin que hallara un respiro, el espiral del mundo podía abrirse para mostrar que nada significa o, al revés, que todo significaba y para el caso era lo mismo.

La carrera mental me agotó. Puse en su lugar los diccionarios y busqué refugio. Inhibida por la variedad, me cobijé con una edición de una novela de Paul Bowles. No quería experimentar sino sentirme acogida por uno de los países ficcionales donde ya había estado. Me instalé en el *cortile* y se cumplió el dicho. No hay malestar que dos horas de lectura no puedan aliviar. Me adentré en el universo de desierto, oscuros personajes enfundados en ropa blanca, habitaciones inhóspitas y vacías pintadas a la cal y tardes agobiadas de sol transpirando en cafés llenos de expatriados. Olvidé el agua, la fiebre, la piel dorada de Rafael, la muerte del Abuelo. Nada interrumpió mi renovado idilio con el mundo de la ficción, que, lo tenía olvidado, era la solución perfecta a los pesares. Con un suspiro descubrí que había pasado la hora del té. Me levanté y apretando con fuerza mi libro entre los dedos, fui en busca de Flora.

(duchamp)

En el pasillo escuché el ajetreo de las mucamas en la cocina y olí el tufillo de las tostadas. Pasé de largo por la puerta de Rafael, aún cerrada. Entré a la de Flora. El sol caía y tardé en acostumbrar la vista a la penumbra. Lo que veía no era tan diferente a las escenas de Bowles.

El cuerpo sudado de Flora entre las sábanas, un calor pegadizo que no provenía sólo del exterior. Me acerqué. Alguien había dejado una bandeja llena de golosinas junto a la cama. El té todavía estaba caliente. Me dispuse a alimentarla. Se despertó con una sacudida leve y me sonrió. Comprobé que seguía con fiebre. Pero no quise insistir con lo del médico. Nos pasamos el resto de la tarde conversando en tono bajo. El teléfono sonó en algún rincón del *palazzo* —una vez más, un recordatorio de ese sitio perdido en el tiempo— y alguien lo contestó, una y otra vez. Flora no preguntó nada, estaba demasiado débil para la curiosidad.

Para la hora de la cena busqué a Rafael. Golpeé y nadie contestó. Preocupada, abrí la puerta y me asomé. El velador junto a la cama estaba prendido y escuché la ducha. Me senté en un sillón y estudié los planos del *palazzo* concienzudamente. Cuando el agua dejó de correr le advertí mi presencia. Emergió con un toallón en la cintura y el cuerpo empapado. Tratando de no mirarlo mientras se secaba y se vestía, lo puse al tanto de la situación. Opinó que no era grave, que Flora era así, muy emotiva y sensible, que estaría purgando algún demonio. Inquirí por los planos. Sus ojos azules cobraron un tono festivo. Pero eludió la respuesta.

Cenamos en el cuarto de Flora. Serena nos trajo vajilla, vino, y una variedad de comida sana y fresca. Nos instalamos como pudimos usando la colcha de Flora como manta de pícnic. Pusimos música, desarrollamos una conversación liviana. Pero nuestra amiga no se sentía bien y sus esfuerzos por recobrar su personalidad viva y seductora eran en vano. La charla murió. Escuchábamos los sonidos que ingresaban por la ventana, *gondolieri* paseando a los turistas, cantos indescifrables en la lejanía, campanadas. El reloj con las justas se acercaba a la medianoche cuando Rafael se fue a acostar. Lo supe incómodo por alguna razón y pensé que saldría a hurtadillas, a darse una vuelta solo, en cuanto nos retiráramos.

Ayudé a levantar todo y arreglé la cama de Flora. En verdad estaba pálida y desganada, parecía estar mirando con inquietud algo por encima de mi hombro. Le rogué que se acostara y me dejara intentar bajarle la fiebre. Las aspirinas ya no funcionaban y por momentos tiritaba. Apagué todas las luces, menos la del velador. Improvisé un paño frío con una toalla y un poco de hielo y se lo puse en la frente. Cerró los ojos y cuando la creí dormida saqué el libro de Bowles. A medida que progresaba con la historia lograba ahuyentar los recuerdos inhóspitos del pasado. El olor a enfermedad, la respiración pesada, la textura de la piel sudada.

"Trenes en la noche, carpas en el desierto, cafés con humo de hachís y exhalaciones de té de menta, siestas en el calor sin aire, el polvo fino que se mete entre los párpados, el café dulce, las casas blancas, el estupor causado por el sol, los senderos polvorientos bordeados de palmeras, las calles tortuosas, el silencio supremo, el aire seco, la ciudad de color arena, el aire quieto, el cielo monstruoso lleno de estrellas".

Flora gime y me eyecta del desierto para aterrizar en la ciudad rodeada de agua. Me acerco a la cama, la fiebre ha vuelto a subir y la toalla está casi seca, ni rastros del hielo. Corro a la cocina a buscar más, lo deposito en su frente acalorada, la respiración se vuelve más rítmica, las mejillas más frescas.

"El cielo monstruoso lleno de estrellas, el frío de la noche, el aire inmóvil, los paquetes de pan, dátiles y carne, el sueño letárgico, la ciudad inmutable, el sol permanente, el cielo puro".

Cuando desperté fue a causa de Serena, que me sacudía con suavidad. Traía el desayuno, aunque era casi mediodía. Dejé a Flora a su cargo mientras me iba a mi cuarto, a ducharme y dormir unas horitas en mi cama. Me quedé dormida con el libro en mis manos y no desperté hasta entrada la tarde.

¿Cuántos días se sucedieron? ¿Tres?, ¿cuatro? La celebración en los barcos parecía haber ocurrido hacía semanas. ¿Era normal que una persona tuviera fiebre durante tantos días?

En el cuarto de Flora, Serena velaba, la mirada preocupada. Me explicó en un italiano nervioso que Flora apenas comió y que casi no la reconocía. Me instaba a llamar al médico, o a los padres. La calmé como pude y busqué a Rafael. Estaba en su habitación, desnudo y dormido. Me dije, *esperemos a la noche, si entonces la fiebre no cede...* y me instalé junto a Flora con mi libro y grandes cantidades de agua mineral, que le hice beber cada tanto.

"Aire seco, silencio supremo, calles tortuosas, senderos polvorientos bordeados de palmeras, estupor causado por el sol, café dulce, casas blancas, el polvo que se mete entre los párpados".

Cuando los reflejos del sol caían sobre el tapiz de la cabecera de la cama, el cabello rojo de mi amiga resplandeció como una bandera. Tenía los poros cubiertos de gotitas de sudor. *Por favor, por favor,* rogué internamente, *estoy a punto de cicatrizar, sólo un poco más.*

Rafael se nos unió para la hora de la cena. Cuando por fin logramos despertar a Flora, no nos reconoció. Tenía la mirada vidriosa y los labios entreabiertos.

—Tenemos que llamar al médico —afirmé, temblorosa.

—*Not yet* —contestó él, en inglés, como sin darse cuenta.

Rafael me dijo entonces que tenía algo que mostrarme. Lo acompañé a través de los pasillos débilmente iluminados hasta la planta baja. Podía oler el agua arrinconándome. Podía sentir cómo se relamía dispuesta a volver al ataque. Me condujo de la mano hasta un *trompe l'oeil* de la pared del fondo. Una puerta pintada de repente se abrió ante nosotros. Era real.

Dentro, un cuarto de medianas proporciones repleto de objetos.

—*Look!*

Me forzó a prestar atención. Pude ver cuadros, esculturas, lámparas y jarrones, prolijamente ubicados en mesas y estanterías.

—¿Qué es esto?

—*Flora's father private collection...*

Me quedé muda. Entonces reconocí algunas obras que antes vi en ilustraciones.

—Tenemos que llamar al médico —insistí.

—*Wait...*

Me mostró una valija. Parecía un maletín común y corriente, pero cuando lo abrió, lo reconocí. Era una de las *Boites en valise* de Marcel Duchamp, con diminutas muestras de sus obras, *El Gran Vidrio, la Rueda de Bicicleta...*

—*I need to have it* —me explicó, los ojos rogando.

—¡Estás loco! —grité—. ¿A quién le importa esto ahora? ¡Flora está muy enferma!

Pareció ofendido, cerró el maletín y me condujo de vuelta a la habitación.

—*Call the doctor.*

Envié a Serena en busca del médico. Se cambió con rapidez y salió hacia el hospital más cercano. Me quedé caminando impaciente en el cuarto de la enferma. Me acerqué a la ventana para evitar el sonido de su respiración entrecortada. Las embarcaciones cruzaban las aguas sin apuro, turistas que volvían a sus hoteles, encantados con los decorados de la ciudad. Algunas góndolas con americanos gordos vestidos con bermudas y gorros con visera. Estaba tan ansiosa que decidí contar. Uno, dos, veinte, cincuenta... no llegué a cien porque necesitaba ordenar toda la información antes de partir. Sabía que era un nuevo fin para un nuevo rizo. El final del atajo. Había cumplido mi misión, al menos en parte, y debía volver. O buscar una razón para quedarme. Las imágenes del restaurant y su vida rutinaria me atraían poderosamente, pero eran fotos sin sonido, color sepia, como lo irreal. Nada nunca es sepia en la vida real.

Serena volvió entrada la noche. El médico que trajo era un hombre de mediana edad, lacónico y de mirada desesperanzada. Echó un vistazo a Flora, le tomó el pulso, miró sus pupilas y su garganta y sacudió la cabeza.

—*Troppo tardi* —dijo, sin referirse a nadie. Y explicó que Flora era víctima de una epidemia que cada tanto atacaba a los venecianos, que por supuesto tenían la sensatez de llamar al médico de inmediato. Ahora sólo restaba esperar y ver si el cuerpo de ella era lo suficientemente fuerte como para contraatacar el virus y sobrevivir.

¿Sobrevivir? ¿Sobre vivir? El doctor Crevetti prometió volver a la madrugada. No pude encontrar a Rafael en ninguna parte. Y ni siquiera sabía el apellido de Flora.

(lágrimas)

Las lágrimas pugnan por escapar de mis ojos, formar ríos de calientes gotitas que se asocian con el agua del Canal y me asfixian en la ciudad más triste del planeta. Me siento increíblemente sola y frustrada y parece como si esta mismísima sensación fuera a repetirse, *again and again*, en diferentes países y ciudades, con distintas vistas desde múltiples ventanas, como si estuviera de alguna forma predestinada al abandono eterno, condenada a la más abyecta soledad. Y luego el aburrimiento...

Contar ya no sirve de nada, de cuántas horas o minutos habla el doctor que pareció un holograma, en el cuarto oscuro, venir y decir con voz lúgubre, no hay solución, ¿solo esperar? Cuando todos conocemos la canción, el que espera... los labios de Flora resecos y sus ojos de vidrio —como los de los muñecos que reparaba el Abuelo— ¿es eso? Vine a la ciudad-cementerio para presenciar más muerte, imposible hacerse amigos duraderos en esta isla que es como el purgatorio donde uno experimenta lo que será el infierno, el mismo calor agobiante y la fiebre, aunque jamás imaginé que hubiera agua, tan opuesta que parecía al fuego y, sin embargo, puede ser tan asfixiante y mortal, y hasta caliente, subir trepar por las piernas y el cuerpo hasta dejarte sin respiración, como las *aque alte*.

En medio de mi meditación satánica, Flora se yergue en el lecho, súbitamente consciente y muy despierta y me mira fijo con un resto de inteligencia:

—Me voy a morir, ¿no?

Trato de consolarla y elaboro una mentira, pero las lágrimas aprovechan el desliz para escapar impunes de mis ojos y al ver el río ella lo confirma y no se asusta, no, sólo se decepciona, como un niño cuando llega el final del paseo y hay que volver a casa. Y ahí, en medio de la oscuridad que nos devora, me hace jurar, de rodillas y por las cenizas del Abuelo —que flotan desperdigadas por los canales de la ciudad macabra— que peregrinaré a la casa de los padres, la *villa* en las afueras de Roma, y les diré la verdad en persona, frente a frente, jamás una voz entrecortada en el teléfono, una voz sin rostro, un nombre extraño, una historia insólita que sólo los hará tener la esperanza de que sea falsa, un juego malvado, un chiste negro, hija mía, dónde estás, por favor, porfavor. ¿Cómo negarme?, digo que sí, y me arrodillo, y levanto la mano derecha y pongo la izquierda sobre el pecho, del lado del corazón, y juro, sí, juro, y me emociono tanto que las lágrimas son mares salados que incontrolables escapan a mi cuerpo para hacerse carne de la alfombra, las sábanas arrugadas en el suelo, las manos de Flora.

Agotada por el esfuerzo, se duerme en paz, respirando rítmica y acompasadamente y yo me quedo hecha un bollito en el piso pensando por qué a mí.

Tengo, sin embargo, mi razón nueva para no volver.

Y en esa noche siniestra tomo conciencia de que soy una vasija vacía, un contenedor donde los demás depositan lo que quieren ver, un útero relleno de esperma. Es lo que fui para la familia allá en la lejana Buenos Aires, es lo que soy para esta gente fantasma que me acogió sin hacer preguntas. Ninguna pregunta, eso es raro. Nunca sospeché. Nadie te hace favores, es algo que aprendería con amargura. Todos los que te hacen regalos están invirtiendo en el futuro, en ese algo que uno debe y está ahí guardado y latente, como en un banco. Creciendo, porque el tiempo inflama las deudas, las deforma mediante el acto de la memoria y la culpa.

Una intermediaria, un muñequito vacío, una personita invisible que cualquiera puede delinear y construir a gusto. Ni siquiera estoy enojada, lo que me posee es una especie de cansancio de vida, de voluntad de dormir, de parar el contador y tirarme en una de esas camas donde los otros han de cuidarme. Ellos a mí. Y yo soy la que transpiro en sábanas blancas y la que pido, exijo con voz débil. Agua, comida, tu alma, por favor.

Cuando Flora exhala su último estertor y deja de respirar retomo mi libro, el desierto y los personajes sensacionalmente reales y honestos, y casi termino cuando llega el médico. Le toma el pulso, sacude la cabeza, le cubre la cara con la sábana, le da instrucciones a Serena sobre el cuerpo infectado. El sol asoma por sobre los mausoleos venecianos, los turistas comienzan a llenar la ciudad. Rafael no está por ninguna parte. Y tampoco el maletín de Duchamp.

No todo es importante. Pero cómo saber, cómo trazar la línea entre lo que digo y lo que no, lo que veo y lo que no, lo que elijo y lo que no. Me inunda la noción de una traición ineludible. A mí o a Flora. A mí o al resto del mundo. Pero no puedo vivir sin los demás, está visto. Entonces asiento con el médico, con Serena, con el cuerpo que ya no transpira de Flora, con el mandato del Abuelo y casi casi con mi deber ser en el restaurant, lejano y borroso en la más borrosa Buenos Aires.

O traiciono a todos pero me salvo yo. Sé que puedo hacerlo. Sólo tengo que hacer mi mochila e *irme*. Ni siquiera sé el apellido de Flora. Tengo el papel donde escribió, con su mano temblorosa de fiebre, la dirección de sus padres, en las afueras de Roma. Pero no me quedara entonces otro destino que vagar de un lugar a otro y no asentarme jamás. Porque en el momento en que establezca una rutina, en el instante en que el mozo empiece a reconocerme y a hacer preguntas personales, deberé escapar y empezar de nuevo. Confieso que me agota el sólo pensarlo. Con todo y eso, condenarme a toda una vida de convivencia con el género humano, de servicio, de sacerdocio... es extenuante también.

Fue una tarde rara. El calor atroz de la ciudad, la pesadez húmeda del aire, impregnado como una red llena de peces, el llanto desconsolado de Serena. Entré a la fuerza en el cuarto de Rafael. La cama sin deshacer, el placard vacío, comprobé mi temor, se fue sin despedirse. Casi seguro se largó con el incunable de Duchamp. ¿Raterito, cleptómano, simplemente obsesivo? Revisé cada armario de la casa, cada cajón en busca de dinero. Tenía que pagar para que se llevaran el cuerpo de Flora y lo incineraran, eso demandaban las normas de higiene. Por suerte, su mesa de luz estaba llena de billetes, desordenados como si alguien los hubiera introducido de sopetón.

Y había algo más. Sujeto con un clip al tapiz de Demophoon y Phyllis, el manifiesto dadaísta, en castellano.

"...Toda forma de asco susceptible de convertirse en negación de la familia es Dada; la protesta a puñetazos de todo el ser entregado a una acción destructiva es Dada; el conocimiento de todos los medios hasta hoy rechazados por el pudor sexual, por el compromiso demasiado cómodo y por la cortesía es Dada; la abolición de la lógica, la danza de los impotentes de la creación es Dada; la abolición de toda jerarquía y de toda ecuación social de valores establecida entre los siervos que se hallan entre nosotros los siervos es Dada; todo objeto, todos los objetos, los sentimientos y las oscuridades, las apariciones y el choque preciso de las líneas paralelas son medios de lucha Dada; abolición de la memoria: Dada; abolición del futuro: Dada; confianza indiscutible en todo dios producto inmediato de la espontaneidad: Dada; salto elegante y sin prejuicios de una armonía a otra esfera; trayectoria de una palabra lanzada como un disco, grito sonoro; respeto de todas las individualidades en la momentánea locura de cada uno de sus sentimientos, serios o temerosos, tímidos o ardientes, vigorosos, decididos, entusiastas; despojar la propia iglesia de todo accesorio inútil y pesado; escupir como una cascada luminosa el pensamiento descortés o amoroso, o bien, complaciéndose en ello, mimarlo con la misma

identidad, lo que es lo mismo, en un matorral puro de insectos para una noble sangre, dorado por los cuerpos de los arcángeles y por su alma. **Libertad: DADA, DADA, DADA, aullido de colores encrespados, encuentro de todos los contrarios y de todas las contradicciones, de todo motivo grotesco, de toda incoherencia: LA VIDA".**

Me quedo en el cuarto por horas. Vuelvo a revisar los cajones, los estantes del placard. Encuentro papeles y envoltorios, facturas y notas incomprensibles. Uno de los cajones se niega a mi impertinencia, tiene llave. Inyectada de odio, hago saltar la cerradura con un cortapapeles. Dentro, sobrecitos de azúcar —decenas de ellos— de los cafés y restaurants de la ciudad. Y más, ceniceros, una jarrita para leche, cubiertos con el logo de una aerolínea. *¿Souvenirs* tal vez? ¿O entrenamiento para sustraer el Duchamp? En el fondo, junto a la madera, un folio con hojas amarillas. Son notas para escribir su propio manifiesto. La letra es ilegible.

Descubrí el rostro de Flora y lo miré antes de que se lo llevaran. No podía creer que sus labios siempre inquietos conservaran tanta inmovilidad. *Never more.* Reconocí que mi alma ya estaba lejos, en camino de esta nueva aventura planteada por el azar. El dinero encontrado me daba esta posibilidad; si no, debería utilizar mi boleto de vuelta. Mientras los camilleros la acomodaban, me senté en el pequeño muelle. Se iría por agua. Sin embargo, ya no me asustaba. Tampoco lo contrario. No era mi enemiga personal, era más bien una fiera enjaulada. Y mi temporada en el infierno estaba por terminar, o eso pensé. Vi el barco del crematorio alejarse con su carga de muerte. *Podría ser yo*, pensé. Pero me sentía muy bien, mejor que nunca. Embalé mis pertenencias y salí a recorrer Venecia por última vez. Tomé un café en la Piazza San Marco, observé la Dogana durante un rato. Todo lo que se me hizo tridimensional se volvía plano de nuevo, una postal, esta vez conmigo en ella, la espectadora privilegiada.

Se largó a llover y me arrebujé en el asiento, con mi segundo cappuccino delante de mí, y vi cómo la gente se refugiaba bajo los arcos de la *piazza*. Increíblemente, cada detalle de la plaza se convirtió en algo familiar para mí. Casi dos meses se sucedieron, uno tras otro, y yo perseveré a través de lo peor del verano. Desde mi punto de vista, el Café Florian se convirtió en el mal hábito que te hace sentir que poseés algo. Los mozos se las ingeniaban para preguntarme cosas sin importancia y yo me sentía especial, entre tantos turistas que sólo tenían tiempo para un café, yo me había convertido en local. También mi italiano mejoró ese verano veneciano, sin duda estaba en mis genes el germen de ese idioma escandaloso y potente, porque ya pasaba por oriunda de la ciudad. Qué ironía cuando me paraban en la calle para preguntarme alguna dirección o dato.

Cuando la lluvia paró me fui sabiendo que definitivamente esta era la última vez y hasta sentí cierta humedad en los ojos, aunque me cuidé de no enfatizarla. Eché una mirada al mapa y me sorprendió, después de tantas veces de escrudiñar los detalles, descubrir que la isla era como una pieza de rompecabezas ampliada un millón de veces. O una cabeza de foca. O una tortuga a punto de devorarse algo incierto.

Decidí hacer mi última peregrinación hasta el Arsenale, el antiguo astillero donde construían los barcos. Quería ver si durante el día conservaba algún rastro de su antigua función. Todavía no podía tomar un *vaporetto* —¿volvería alguna vez a Venecia con esa fobia vencida?— pero no resultaba tan lejos, considerando lo habituada que estaba a merodear por las callecitas. Hasta había una línea amarilla en mi mapa, sugiriendo un trayecto. Opté por la costanera, y seguí por la Riva Degli Schiavoni, acompañada todo el tiempo por el mar, que lamía el borde de la *fondamenta* y sacudía las oscuras góndolas.

Me sentí desfallecer, debió ser la humedad, me bajó la presión. Así que doblé en la primera esquina en busca de sombra y un bar donde zamparme un espresso. Encontré este rincón fresco en un cuadrado incrustado frente a un canal interno. Me senté afuera, en una mesa cubierta por una de esas sombrillas engalanadas por el logo de alguna marca de cerveza y un mozo ralentizado por el calor y el mediodía me trajo un vaso de agua helado:

—*Per piacere, un espresso* —rogué, con mirada melosa, ningún local se resiste a una mirada de dama en apuros.

Estaba otra vez como de vacaciones, pero había atravesado la depresión que traía del sur, y desechado por fin el equipaje de más. Aunque, la sombra de lo recién sucedido extendía sus alas dentro de mi alma frágil. *Pavadas*, me amonesté, *ni siquiera la conocía*. Sorbí el espresso, minúsculo charquito de petróleo dentro de la ya diminuta taza. El brebaje fue como pólvora instantánea en mis venas. En mi camino al baño me topé con un teléfono público. Trastabillé, como cuando me acuerdo de algo en pos de hacer otra cosa. Y dudé, una vez más. Era hora de hacer acto de aparición. Mordisqueé mi labio inferior, nerviosa a más no poder. Pero sentía la fuerza del espresso enfrentándome a mis peores fantasmas. Allá voy.

Marqué el número del restaurant, en la ciudad que empezaba a desvanecerse de mi memoria. Me costó entender las torcidas explicaciones en la placa borrosa sobre el aparato. Por fin, el sonido del tono de llamada.

—¿Hola?

Contuve la respiración, era mi padre. Puse el piloto automático y mentí, descaradamente, conté con detalle lo bien que lo estaba pasando, el clima, la gente, el hotel, los nuevos amigos, la comida... la voz cautelosa del otro lado intentaba descubrir el truco, hacerme caer. Colgué en cuanto pude. Transpirada, temblorosa, me escondí en el baño por un rato largo. Luego me instalé en la barra oscura del oscuro interior y pedí cerveza. No quería estar hiperconsciente sino desvanecida. Estaba trepada a un banco alto y veía mi rostro en el espejo tras el barman, el típico gordo italiano con el repasador a cuadros. El espejo estaba cubierto de banderines y *stickers* y el pobre hombre se compadeció de mí y me dio más maní para que bajara la cerveza. Aún consciente, busqué en mi bolso el compartimiento secreto de la billetera, ahí estaban los Xanax de emergencia, me tomé dos con la Guinness espumosa y esperé la ola de indiferencia anterior al sueño y a la paz de saber que nada importa... en vez, me vinieron unas ganas tremendas de masturbarme.

Volví al baño y me encerré en uno de los dos cubículos. Dos chicas se pintaban los labios y no paraban de hablar frente al espejo. Esperé a que se fueran, me bajé los jeans y me froté el clítoris salvajemente hasta acabar. Entonces debió ser cuando me dormí, doblada en un rincón.

Cuando me despertó la moza, golpeando la puerta con fuerza, habían pasado horas. Y tenía náuseas. Pero me sentía liviana y relajada, así que con un amago de sonrisa en la cara pagué la deuda con el dinero de Flora y me fui. Entonces recordé que era Rafael en quien pensé cuando acabé... la mezcla de sustancias en mi sangre hacía de Venecia, por primera vez, un lugar sin amenazas. Ya era tarde para ver la exposición. Debía volver al *palazzo*, hacer la valija, recoger las cenizas de Flora y llegar a Santa Lucia lo más pronto posible. Debía deshacerme de esas cenizas pronto, cumplir la misión, la nueva misión, y desaparecer. Quizás España, o París, me sentía capaz de vagar por el resto de mi vida.

Era difícil irme de Venecia. Nada de lo que vine a hacer me salió bien, nada bien. No logré descubrir ninguna de las verdades que buscaba. Ni siquiera pude salvar a Flora. O impedido el robo del maletín de Duchamp. Tampoco me sentía libre e independiente de mi familia. Como una turba maléfica pero necesaria, revoloteaban por mi cabeza todo el tiempo.

En el *palazzo*, en casa, Serena tenía todo preparado para mi retirada. El resto del servicio estaba de licencia hasta que yo hablara con la familia de Flora.

Mi cuarto, con la cama perfectamente estirada, parecía no haber sido ocupado en un largo tiempo. Todo volvió a ser como antes de que yo lo tocara. Mi mochila estaba lista junto a la puerta. Serena me entregó una caja de madera.

—¿Son las cenizas...?

Serena asintió, una lágrima a punto de deslizarse por su naricita. Tenía ganas de abrazarla y rogarle que me llevara con ella, a su casita en medio de los campos italianos, donde podría cocinar pasta y dormir extensas siestas hasta el final de mis días. Pero no lo hice. Tomé la caja de madera, mi mochila y el libro de Bowles y me fui. Caminé dentro de una bruma húmeda hacia la estación. Extenuada, sin aliento tras arrastrar los bultos por puentes y escalones, me eché sobre la plataforma de entrada de Santa Lucia. La santa de los ciegos. Lo que vi desde allí era tan similar a lo que vi al llegar que me asusté.

Conseguí el último asiento en un tren a Roma, el más lento, el que hacía más paradas. Compré *panini* y agua embotellada en el decadente bar de la estación y me monté al vagón. Tenía ventanilla. Era noche cerrada cuando por fin la locomotora se puso en movimiento.

(vita nuova)

Dormí mal. Me despertaba sin recordar el lugar, escuchaba las toses o murmullos de otros pasajeros anónimos en la oscuridad, me adormecía de vuelta y todo recomenzaba. Al mirar el reloj, a veces sólo habían pasado minutos; otras, horas. Por fin empezó a amanecer. Vi los campos verdes y amarillos de la campiña italiana y sentí alivio. Suficiente de agua y humedad y penumbra y vejez. Pese al calor que empezaba a llenar el vagón, renacía bajo el cansancio.

Volví a cerrar los ojos y para cuando los abrí, el sol del mediodía estallaba sin misericordia en mis pupilas. Estaba transpirada, sedienta y con hambre. Me dirigí al baño, me refresqué lo mejor que pude y recurrí a mis provisiones. Los *panini* estaban húmedos y un poco blandos y las gaseosas tibias, pero estaba feliz de haber escapado al agua...

Cada tanto el tren se detenía con gran estrepito en algún pueblito de pulcra estación y veía a la gente abrazarse efusivamente en el andén y partir. De repente recordé que era domingo, y mediodía, y no evité la imagen de mi familia preparándose para almorzar, tarde, luego de haber levantado las mesas de los comensales que acababan de partir, hablando todos al mismo tiempo, mordisqueando pan con manteca, instalándose en la estrecha mesa de la cocina, pasándose fuentes de comida aún tibia. Eran las sobras del día, pero también, qué festín de variedad. Me acurruqué en ese recuerdo y me permití regocijarme con los detalles. La acuciante soledad me llevaría de vuelta, nadie lo ignoraba, por eso no expresaron ansiedad alguna ante mi partida...

Una nueva estación, un pueblito de casas multicolores, nuevos pasajeros —aquellos que terminaron de comer, aquellos que no tenían familia para juntarse los domingos, aquellos que eran turistas— y un soldado, que se instaló frente a mí y no pude evitar mirarlo fijamente. Él no me veía, jugueteaba con su gorro militar, inquieto, sacaba y manoseaba un teléfono celular diminuto de su bolsillo. Me contagió su nerviosismo, ¿qué podría pasarle en tiempos de paz?

Separé la vista de él y comencé a planear la estratagema. Empecé por sacar un mapa de Italia y tratar de ubicar la localidad donde vivían los padres de Flora. Se llamaba Spoleto y estaba al este de Roma. Todo el país estaba cuadriculado por las redes ferroviarias así que simplemente cambiaría trenes en la estación y acabaría con la desagradable misión tan pronto como fuera posible. Cuando levanté la vista, el soldado se había adormecido, pero creí ver que me observaba con los párpados entrecerrados. Volví a pensar en la falta de sentido de la imagen, ¿qué era lo extraño? En realidad era yo la que me ponía nerviosa viéndolo. Un soldado sin guerra... Era como mirarse en un espejo.

Las verdes colinas y los sembradíos color arena finalmente se convirtieron en feos edificios suburbanos y en breve el tren se detuvo en la estación Termini. Estaba en Roma. Cuando bajé del vagón, reuní mis bártulos en el andén y respiré profundo. Algo verdaderamente extraño me sucedió. El aire se me metió en los poros y así como odié Venecia desde el momento en que puse un pie en ella, amé Roma, con el amor incondicional, visceral e instintivo de quien vuelve a casa después de la guerra.

Eché a andar por el andén, humeante de calor, y transpirando a mares luché contra mi conciencia. *Should I stay or should I go?* El bienestar que sentía era una sensación largamente olvidada por mi cuerpo y cada centímetro de mi alma.

Busqué un bar. La repentina alegría se expandía por mi ser. Almorcé rápido y sorbí un capuchino espumoso, que sólo me hizo transpirar aún más. Tenía el número de teléfono de los Swach, pero no quería llamar, recordaba el angustiado pedido de Flora. Increíblemente, su cara se me desdibujaba en la memoria pero su voz permanecía intacta. Así que fui a la oficina de turismo donde me indicaron qué tren abordar para Spoleto. Tomaría tres horas, entonces podría meditar. Aunque de nuevo, el sabor de la ciudad más antigua me tentaba como un demonio placentero. Hice un trato conmigo misma. Cumpliría mi triste función de mensajero y volvería para regocijarme con el aire romano.

Me arrebujé en mi asiento y cerré los ojos. La ciudad soñada pronto se desvaneció en la distancia. Me encontré otra vez en tránsito. Me adormecí pensando en la pregunta: *¿Cómo decirle a un par de desconocidos que su hija adolescente murió de una* *tonta gripe?* Por entre los párpados me atravesaba el sol, y veía todo amarillo, las colinas y los pueblitos. Cada tanto, un túnel, todo se ponía negro y veía redondeles púrpura. La secuencia se repetía y era consciente de que perforábamos la base de las montañas. ¿Qué pasaría si alguna se derrumbaba a nuestro paso? Todo el tiempo quería concentrarme en el discurso explicativo para los padres de Flora, pero una y otra vez algo me distraía, algo procedente de mi amodorrada memoria.

Seguía siendo domingo e imaginaba a mi familia reunida en la estrecha mesa de la amplia cocina, haciendo chistes y rememorando anécdotas. Pero ahora tenía el brevísimo recuerdo de Roma y esa agradable sensación que empezaba a desvanecerse.

El sol empezaba a caer, muy lentamente, desde lo alto del cielo. Llegaría para la cena. Quizás debería pasar la noche en Spoleto y después... De pronto me acordé de que todavía tenía el dinero de Flora en el bolsillo. Sería una noche perfecta, tibia, con luna. ¿Para qué arruinarla? Cuando por fin el tren chirrió en el andén designado, me había decidido. En cualquier caso, Flora seguiría muerta.

Resultó un pueblito medieval, con muralla y casitas torcidas a lo largo de calles tan angostas como las de Venecia. Pero se pisaba sobre algo sólido y era muy relajante no estar pendiente del agua ni los escalones de los dichosos puentecitos. Encontré un *albergo* muy simpático, un cuarto de madera que daba a la montaña, un restaurant en la plaza central, frente a la *chiesa*, donde un mozo muy moreno me sirvió delicias innombrables. Sin embargo, tenía el alma encogida. Flora podía seguir muerta para mí, pero estaba bien viva en la mente de los padres. Jugué con muchas situaciones revertidas, como si yo estuviera en la cajita de las cenizas y Flora se la llevara a mis padres en Buenos Aires. Mientras tomaba una copita de grapa —la grapa es digestiva, me dio a entender el mozo bonito— me acordé de la ciudad natal y, oh sorpresa, no se me humedeció ni el lagrimal.

Brindé en silencio por el Abuelo, sin él jamás hubiera zarpado de esa ciudad donde uno no tiene idea de las distancias verdaderas. Y todo lo que antes era importante perdió grosor y sólo tuve ojos para el mozo que iba y venía entre las mesas. Me fui a acostar así, embalsamada en calma. Dejé el papelito con el teléfono de los Swach en la mesa de luz, para verlo apenas abriera los ojos. Recordé que ambos hablaban español, inventaría una excusa para llegarme hasta la casa y luego, en el living, frente a un espresso, lo escupiría. Fin de la historia.

Entonces pude dormir y tener dulces sueños con el mozo cuya mirada invitadora esquivé para cumplir con mi deber.

Cuando abrí los ojos, todo mi cuerpo amenazaba con purgar aquello comido y bebido la noche anterior. O sea que me arrastré al baño y bajé a desayunar; y hasta un par de horas después no enfrenté el papelito y tampoco hice el llamado. ¿Cómo explicar sin decir, sin levantar sospechas? Tampoco podía ser perversa y aludir a que llevaba un paquete de parte de Flora. Me decidí por el camino más corto, hacerme la tarada. A muchos les funciona. Así que disqué, pedí por la *signora* Swach y cuando la voz estridente me atendió, hablé rápidamente en porteño, hasta que, cansada de intentar entender lo que decía, me invitó a su casa. "Pasaré en una hora", aseguré. Y me indicó cómo llegar —un micro pueblerino me dejaba en un caminito desde donde se veía la reja de la casa. A juzgar por su *palazzo* de Venecia, esta debería ser como el Vaticano. Preparé mi mochilita con la caja siniestra y apreté los dientes. Mañana, me prometí, amanecería en Roma.

Era un día de sol perfecto. El cielo azul claro, las colinas verdes, me acongojaba ser portadora de malas noticias. El micrito tardó en llegar, cansino, hasta la parada desde donde observaba el mundo con calma. La angustia primordial parecía haber decantado en el agua de Venecia. Era lunes, recordé, y mediodía. Alguna gente se dirigía a su trabajo, cualquiera fuera, en ropa elegante. Qué habría más allá, supuse que más colinas y pueblitos. Tal vez trabajaban en turismo, la zona de Umbría, escuché en algún sitio, movía mucho público. La campiña italiana... seguí de cerca las instrucciones de la *signora* Swach y pronto me bajé en un camino polvoriento de donde salían otros senderos. A lo lejos, la reja mencionada.

Me encaminé hacia allí, el corazón desenfrenado. Sólo la recompensa de estar rápidamente en Roma me impidió desistir. A medida que me acercaba, avisté un caserón enorme, italiano al cien por ciento, con columnas dóricas, estatuas, y una cúpula. Atravesé la reja que cedió chirriante a mi paso, y me di cuenta de que me faltaba un trecho. La vegetación cubría parte de la casa, pero cada vez más creí reconocer esa estructura como si la hubiera visto antes en alguna foto. De cerca noté que parte del césped estaba desprolijo y amarillo, y que el virtual blanco de las paredes estaba resquebrajado. La construcción tenía cuatro lados idénticos. Dudé hacia dónde dirigirme para anunciar mi llegada. Ningún sonido me ayudó a tomar una decisión. Caminé alrededor de la casa, inspeccionando los detalles y juntando valor. Por fin me decidí por la cara que miraba a la reja y subí lentamente los escalones hacia la puerta, las columnas se estiraban cuando me acercaba, amedrentándome.

Timbre. Pasos. Una chica menudita vestida de mucama. Me lleva por un pasillo hacia un patio redondo, lleno de plantas, cubierto por la luz del sol filtrada a través de una cúpula. Una señora me espera, impaciente. Es alta, extremadamente delgada, tiene el pelo lacio atado en un rodete. No hay maquillaje ni joyas. Se detiene y parece buscar algo detrás de mí. Me doy vuelta y veo el pasillo por donde vine, desde el otro extremo, oscuro. Entonces caigo. Busca a su hija.

Olvido todas las estrategias y me pongo a sollozar, histérica. La *signora* Swach manda a la mucama por agua y me ayuda a sentarme en uno de los bancos que se confunden con las plantas. Me cubro la cara con las manos, no puedo mirarla a los ojos.

—¿Está bien? —pregunta en un español sin acento.

Gesticulo. Bebo el agua fresca. Nos tranquilizamos. La mucama se retira. Estamos solas. *Ya. Decílo ya.*

—Me temo que... —empiezo.

—¿Qué? ¿Qué ha pasado? —habla como si le costara recordar el idioma.

—Algo pasó con Flora.

—¿Está bien? —siento su voz echa un hilito.

—No.

Adivina el resto y se levanta, camina enloquecida por el patio. Nada más se mueve o suena.

—¿Fueron las drogas? —ahora tiene un tono amenazador.

Estoy tentada de decir que sí. Cuánto más lógico y justiciero… El que juega con fuego… Pero niego con la cabeza y entre hipidos cuento la verdad. Silencio. Ella ya no camina. Me seco los ojos, la busco con la vista, está arrodillada en un rincón, frente a un altar pequeño que, descubro, contiene una virgen. Nos quedamos así un rato. Ella moviendo los labios, quizás rezando. Yo, contando en voz baja para evitar el ataque de locura. Llego a mil y me detengo. Ella también se ha callado. Se levanta y yo la imito. Es el momento de la despedida.

Me hace una seña y nos sentamos en otro de los bancos, como si el primero estuviera ahora ensangrentado.

—Tengo que pedirle un gran favor —tartamudea.

—Por supuesto.

—El padre de Flora no se siente bien hoy. Y no quiero darle la noticia yo sola. ¿Podría usted quedarse unos días y estar cuando se lo diga?

Los mismos ojos de Flora, el mismo tono cansino.

—Por supuesto —escupo.

Y de nuevo en el paraíso de la familia Swach, enredada en el laberinto, me encuentro guiada hacia una habitación de huéspedes, elegante, impecable, donde otra mucama me ayudará a deshacer mi mochila y me dará toallas limpias.

La Rotonda

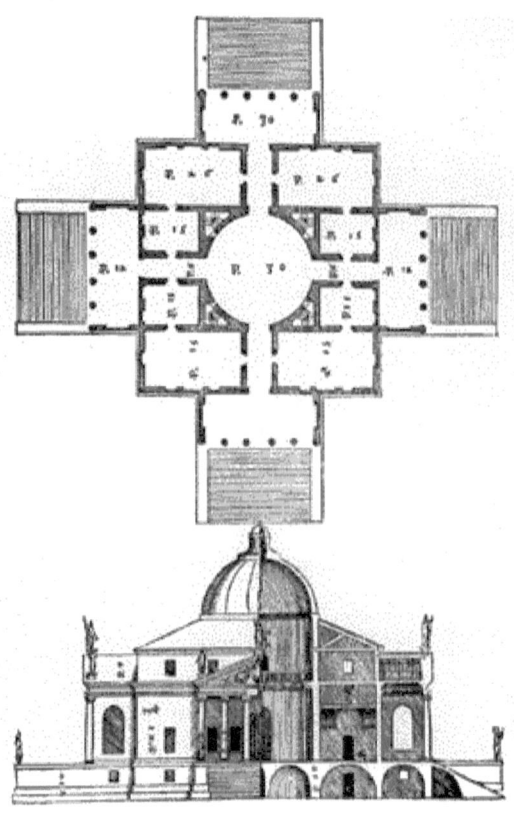

(la rotonda)

Pero no era el cuarto de huéspedes sino el de Flora. Después de descargar la mochila en la cama eché un vistazo sólo para descubrir fotos, ropa, posters, CDs, libros, las posesiones de alguien que habitaba el lugar. Me acerqué para ver la decena de rostros de Flora sonriéndome. Un frío me recorrió la nuca y quise pensar que podía ser la decoración de una madre obsesiva. Pero entonces vi su nombre tallado en la cabecera de la cama, como si fuera una de las camitas que Blancanieves encontró.

La mucama entró con una pila de toallas color durazno. Yo estaba sin aliento. Era peor que entrar en el inconsciente de otro sin querer. Me negué a revolver los cajones y descubrir diarios personales o ropa interior perfumada. Probablemente me esperaban para almorzar.

Me asomé a la ventana en busca de aire y me perdí en el paisaje verde y pacífico del campo. Casitas desperdigadas entre los distintos tonos. Y silencio. Profundo y perverso.

Descubriría que la casa era simétrica y cuadrada, que tenía enormes habitaciones decoradas con frescos y *trompe l'oeils* que simulaban puertas y pasajes. Se trataba de un solo piso principal, pero había un piso superior dividido en pequeños desvanes y un piso a nivel del sótano donde dormían los empleados.

Esa tarde, cuando emergí de la habitación, me topé con la *signora* Swach, hecha una anfitriona servicial, preguntándome si las toallas eran suficientes, si quería recorrer la casa y qué me gustaría comer. Para alguien que había socializado de manera poco tradicional, me resultó asfixiante y tartamudeé en cada respuesta. Me tomó del brazo y me arrastró a través de los estrechos pasillos.

—Llámame Rosa —me dijo, con una palmada demasiado maternal.

Y me largó el discurso evidentemente memorizado sobre los orígenes de la casa, que resultó ser una copia de "La Rotonda" de Andrea Palladio —por eso me parecía haberla visto antes— y los arquitectos que la adaptaron a nuestro siglo. Siguieron los pintores y sus técnicas para simular la pintura renacentista. La casa era en realidad circular y logró marearme. A cada habitación grande seguía una pequeña y en medio estaba el patio cubierto de mi primera entrevista. Hubo una sola esquina que no vimos y supuse que sería donde padecía el *signore* Swach.

El almuerzo se llevó a cabo en una de las habitaciones de los extremos. Sólo Rosa y yo. No hizo mención al marido y no me animé a preguntar sobre su enfermedad. Recordé que ya Flora me lo había informado. Rosa eludió el tema de mi estadía en Venecia pese a mis reiterados intentos por explicar mi situación allí. Pero Flora debía tener un pasado oscuro para que su propia madre recibiera a una extraña con una epístola de muerte y la alojara como a una invitada. Con una molesta campanita dorada hacía aparecer a los empleados con bandejas cubiertas de manjares. Me abalancé sobre la entrada de verduras multicolores y salsas haciendo juego para descubrir que tenía un sabor opaco, un tanto desabrido, como si fueran recetas a las que les faltaba un condimento esencial. Quería hacer miles de preguntas pero dejé que Rosa liderara la charla.

Me habló de su nombre, de su origen, de los países donde vivió y de la gente importante con quien se codeó. Sus padres eran españoles y ella nació en un crucero de bandera holandesa en unas vacaciones. El parto se adelantó unas semanas y los tomó por sorpresa. Por fortuna, el barco tenía un médico a bordo que se ocupó de que todo saliera bien. En un principio vivió en Madrid, poco recordaba de sus primeros años en esa cultura latina antes de que sus padres se trasladaran a Londres, la capital de la distancia y la máscara. Ahí conoció a Edgar —el padre de Flora— que ya trabajaba para las Naciones Unidas y una vez casados, lo siguió en su peregrinación por las distintas latitudes del globo. Montevideo, Río de Janeiro, Barcelona y Roma, repitiendo Londres para la edad en que Flora empezaba el secundario.

Sonaba tan exótico. Y sin embargo la *signora* Swach no tenía aspecto de persona de mundo. Alta y huesuda, lucía como lo hubiera hecho Flora de haber sobrevivido a la fiebre.

Para el café comprobé que nunca me haría ninguna pregunta, que su necesidad de hablar era tan grande que no tenía tiempo para escuchar. Aprendí a poner el piloto automático y mantener en mi mirada un brillo de interés. No podía evitar sentir la simetría de la casa, cuadrada como una celda, alejada de la civilización, donde Rosa no podía comunicarse con sus iguales, y donde esperaba noticias del mundo. La enfermedad del marido sólo completaba un lienzo trabajado con cuidado durante una vida entera.

—¿Estás cansada, querida? ¿Por qué no descansas un rato en tu habitación? — sugirió Rosa—. Todos duermen la siesta en este país...

Obedecí. La verdad es que fueron demasiadas emociones para apenas medio día. En la habitación de Flora las persianas estaban bajas y una agradable brisa hacía la penumbra acogedora. Me saqué la ropa y me deslicé entre las sábanas perfumadas de lavanda. Caí al instante en un sueño profundo, sin imágenes; y cuando abrí los ojos, atardecía.

Desperté con la angustia palpitante de no saber dónde estaba. Todos mis temores volvieron y me sentía poseída por el espíritu del lugar.

Intento encontrar ayudas visuales, paredes, techo, muebles, pero las sombras se acumulan en rincones que desconozco. Intento reconocer el olor, pero el aire está enrarecido de angustia. Intento aguzar el oído y escuchar voces, pero sólo hay un silencio cargado de malos presagios. Agazapada bajo las sábanas, cierro los ojos y empiezo a contar, frenética, tratando de concentrarme en los números. Imágenes atroces cruzan mi mente por entre medio de los números, que cambian de tamaño y forma amenazadoramente. Recuerdo Venecia y el agua a punto de ahogarme, una vez más, en mi tórrida imaginación. Recuerdo al Abuelo paralizado en su lecho de muerte. Recuerdo a Flora en su lecho de muerte. Y me veo a mí misma en el lecho de Flora. Nada bueno puede salir de estos vasos comunicantes.

Alguien llamó a la puerta y me reinstaló en la realidad. Todavía temblando salí de la cama, me embutí en un suéter y abrí. Otra mucama de rostro anónimo me ofrece más toallas color pergamino. Agradezco y cierro. Me siento cerca de la puerta abrazada a las toallas, tibias y mullidas; y estudio cuidadosamente la geografía del lugar. La cama con dosel, el placard que ocupa una pared, la mesa de luz diminuta, la cómoda con espejo —repleta de maquillaje a medio usar—, el sillón y las sillas en torno a una mesa baja. Las fotos, los posters enmarcados, las cortinas floreadas. El techo altísimo. Pero las paredes son blancas como el papel, ni un solo personaje de óleo me devuelve la mirada, como en el comedor. Estoy sola, a Dios gracias. Pero pronto vendrán a buscarme para la cena y quizás haya un buen pronóstico para el *signore* Swach, Edgar. Quizás amanezca bien y fuerte y pueda afrontar la espantosa noticia. En todo caso, estaría en manos de Rosa decidir por su salud y pasara lo que pasara yo diría las palabras y me marcharía a Roma sin mirar atrás. Y sin misiones sobre mi espalda. Y sin urnas ni cenizas en mi mochila. Había tenido suficiente de ser mensajera de la muerte.

Una mucama finalmente hizo aparición y me comunicó en italiano que Rosa no cenaría conmigo pero que mi cena estaba lista en el salón principal. La seguí con toda docilidad.

Era demasiado temprano para cenar, el sol todavía no se ocultaba. Me depositó en la habitación del almuerzo, solo que esta vez estaba yo sola, en la punta de la mesa enorme, disminuida por las ridículas dimensiones del cuarto y por los frescos de las paredes, que me observaban comer.

Nuevamente los platos presentados ante mí por diligentes mozos lucían coloridos y apetecibles y por segunda vez me decepcionaron al probarlos. No se oían ruidos de ninguna clase, más que los platos y cacerolas entrechocando en algún cuarto de las profundidades. Estaba ansiosa por enterarme cuándo podría espetar las noticias y largarme; y es que todo este vacío me angustiaba y dejaba impotente.

Con el café apareció una nota prolija de la *signora* Swach invitándome a usar la biblioteca o la sala de televisión. Que me despertaría para el desayuno y un paseo matinal. Me sentí parte de uno de esos tours donde los horarios están predeterminados y las opciones de los viajeros se reducen a qué postre tomar. Pero la biblioteca... eso sí que era atrayente. Bebí el resto de café y me metí los *petites fours* en los bolsillos por si luego tenía hambre —al fin y al cabo, eran apenas las nueve. La que me sirvió la cena, aún indistinguible para mí de las otras, me guio por el pasillo circular hasta una de las habitaciones del ala prohibida. Me sentí insertada en una novela de Charlotte Bronte.

Me introdujo en la sala más maravillosa que mi imaginación podía concebir. El mismo paraíso.

La suave alfombra. La chimenea. Las estanterías de libros del piso al techo, apenas interrumpidas para dar lugar a las alargadas ventanas. Los atriles con libros iluminados. Los tomos encuadernados en tonos oscuros con títulos en oro y plata. Los sillones mullidos, de respaldo recto y orejeras. Me quedé sin aliento. Si Rosa fuera Scherezade, acababa de encontrar la manera de retenerme en su reino. La mucama se alejó, sonriente cual geisha, y me entregué a descubrir los tesoros de los estantes. Por supuesto tenían a disposición prácticas escaleritas para treparse hasta los lugares más recónditos y una barandilla que rodeaba el pasillo que accedía a los ejemplares más altos.

No sabía por dónde empezar y simplemente respiré profundo y olí la mezcla de tinta, humedad y papel que tanto me excitaba. Recorrí los anaqueles cercanos con los dedos, demorándome en uno que otro lomo sugerente. Algo sucedió en el pasado de esa biblioteca, como si alguien ajeno a la literatura y el humanismo hubiera ordenado los libros por colores o tamaños. Las temáticas, áreas, autores, nacionalidades e idiomas estaban mezclados, no pude reconocer ningún orden sensato. Y sin embargo era una colección producto del amor desenfrenado por el papel impreso. Era noche cerrada y por las ventanas vi el horizonte de colinas y las estrellas. Una suave brisa refrescaba la habitación. Desesperada ante la imposibilidad de buscar un autor específico, me dejé llevar por el azar y pronto mi olfato me llevó hasta una de las obras maestras de Patricia Highsmith en castellano —de hecho, era una vieja edición de kiosco española.

Me hundí en el sillón de las orejeras dispuesta a olvidarme de la espantosa realidad y en búsqueda de la agradable problemática ajena.

Por supuesto perdí noción del tiempo. Cuando recapacité debían ser como las tres de la madrugada.

Con el botín en la mano me escabullí a mi habitación, tarea nada fácil por lo laberíntico de la simetría de la casona. Apoyé el oído en cada una de las puertas cerradas hasta que decidí cual era la mía. Abrí la puerta a una oscuridad sin fisuras y escuché inmediatamente una respiración jadeante e irregular. Error. Hice cálculos mentales, debía ser la habitación prohibida y la mía era la del otro extremo. Esta vez acerté y, transpirada, me quité la ropa y me dormí sobre la cama sin deshacer, abrazada a mi libro.

Cuando desperté a causa de los suaves golpes en la puerta, pensé que estaba en Venecia y que Serena venía a traerme el desayuno. Creí que Flora estaba viva, con resaca, en la habitación de al lado. Pero mis ojos descubrieron los datos memorizados el día anterior. Chequeé cada detalle hasta que la taquicardia cedió. Era una mucama, Claire, avisándome que la *signora* me esperaba. Me di una ducha, reorganicé mi mochila, miré el libro de Highsmith con lujuria. Pero no lo guardé.

En el comedor estaba Rosa, pulcramente vestida hasta en los mínimos detalles. Cuando me senté noté que había esperado un beso de buenos días. Tenía los ojos rojos de llorar y pese a su intento de sonreír, sólo podía producir una mueca de dolor. Sentí su punzada de angustia como si estuviéramos sincronizadas. No se veían más cubiertos sobre la mesa que los nuestros.

—¿Dónde está el *signore* Swach? —inquirí, imaginando lo que venía.

—Edgar no se siente bien, hoy no va a ser un buen día —murmuró Rosa con voz débil, su mirada y sus manos ocupadas con su servilleta.

—Rosa, mire, yo... —ella esperó mi excusa, la mirada cansada—. Tengo que irme a Roma. ¿No hay ninguna posibilidad...?

—Debo explicarte. —Apoyó la taza de té sobre el plato derramando la mitad—. Edgar tiene una enfermedad neurológica llamada Mal de Byron. Es muy poco frecuente y no se sabe cómo se adquiere. Se trata de ...

Rosa se zambulló en una explicación científica de la enfermedad, llena de términos como neurona, conector, transmisores, tálamo, corteza, lóbulo. Pronto estuve perdida y la verdad un poco ansiosa de saber su gravedad en la vida real. Pero ella estaba dispuesta a enseñarme lo mucho que se ocupaba de su marido y siguió hasta el final, mientras yo sorbía café tras café y me inflamaba de ansiedad.

—...en resumen, hay días que simplemente se desconecta y nada de lo que sucede fuera de su mente le llega.

—¿Como si fuera un autista?

—Algo así. Pero luego tiene largos períodos de lucidez y, aparte de tener que moverse con silla de ruedas, puede hacer una vida perfectamente normal.

Cuando abrí la boca para preguntar cómo le afectaría la noticia se me adelantó:

—Entiendo si tiene que marcharse. —De repente me trataba de usted—. Pero Edgar entró en uno de sus ciclos y no se sabe cuándo saldrá.

—¿Es... necesario que lo sepa? ¿No es preferible decirle una mentira blanca?

El rictus de Rosa se transformó en roca.

—Cuando vuelve en sí es una persona totalmente normal —su voz era ahora acusadora.

Me di por vencida. En el fondo de mi cabeza algo repetía que nadie me esperaba en ningún lugar con ninguna urgencia. Y Roma seguiría ahí.

—Pero podríamos pasar una tarde en Roma, de compras, ¿si te interesa? —y otra vez me tuteaba y era toda sonrisas.

—Nnno, está bien, yo, me tomaré un par de días para descansar y pasear un poco por aquí.

—Oh, Spoleto es un sitio histórico...

Y empezó con los romanos y los acueductos y tomé suficiente café para estar despierta varios días.

Cuando logro zafar de todas sus ideas maléficas para pasar la tarde estoy furiosa. Con ella, conmigo, con Edgar y hasta con Flora. Estoy excedida de cafeína y sé que debo contrarrestar el efecto o salir a correr, y hace más de cuarenta grados. Me encierro en mi cuarto y devasto los cajones y el botiquín en busca de cualquier sedante. Encuentro una tirita de Valium en la caja de aspirinas. Me tomo dos sin siquiera chequear la dosis. Pero ni siquiera así consigo quedarme en el cuarto. La habitación huele a rancio y a perfume de flores descompuestas. Me escabullo a la biblioteca con el libro de Highsmith, cierro los postigos para quedarme en mínima penumbra, me acuesto en la otomana de terciopelo rojo y espero a que el Valium haga su trabajo. Prosigo con la lectura y pronto las letras se vuelven diminutas, la razón de mi enojo se evapora y consigo esa sensación de distancia respecto al mundo que tanto me relaja. No logro dormir. Los pensamientos intespentuosos logran colarse por lo que me queda de conciencia y arruinan la posibilidad de abandonarlo todo por unas horas. *Quit. Give up. Be numb to the world*. Como borracha me desplazo por la biblioteca como si estuviera en el espacio. No siento la inercia ni la gravedad ni el calor ni la brisa. Mi única fuente de cordura es abrir los libros y *oler* la tinta, el papel. Como un bálsamo el aire saturado de polvillo detiene el tiempo. Caigo en el sillón y observo la luz tocando los lomos de los libros y haciendo resaltar el dorado. No llego a dormirme; simplemente transpirada, con el corazón agitado, caigo en un sopor en donde mi mente intenta darme directivas, pero no consigue ordenar las premisas. Me congelo en ese estado de muerte latente y quedo suspendida como en el *continuará...* de las historietas infantiles. Sin preguntas ni respuestas ni planteos ni palabras atragantadas. Sólo me concentro en respirar, entregada al mundo, fuera del tiempo.

(la puerta de la cocina)

Debo haberme dormido o perdido conciencia del paso del tiempo, porque horas después seguía en el mismo lugar y postura y tenía mucha hambre. Un vistazo al reloj me explicó que me había salteado el almuerzo, por alguna razón nadie vino a invadir mi autoexilio. Me deslicé fuera de la biblioteca y rumbeé, en el silencio de la tarde, hacia las habitaciones del sótano, donde sospechaba se hallaba la cocina. Desde las paredes de los cuartos que atravesaba, los personajes pintados me miraban pasar. Nadie podía sentirse demasiado solo en esa casa, consideré.

Encontrar la escalera que conectaba la planta baja con el submundo no fue fácil, pero terminé por ver a una de las mucamas llevando una bandeja y la seguí. A medida que me adentraba en las profundidades del sótano el silencio acabó y también los miramientos artísticos. Los empleados estaban almorzando, como corresponde, después que los señores, y se quedaron mudos al verme entrar. Eran siete, pero por el ruido podían haber sido quince. Expliqué en mi torpe italiano lo sucedido y con un poco de resquemor me hicieron un lugar en la larga mesa de madera clara. Estaba de repente en una novela, pero el conocimiento de la interrelación de los mundos me daría una ventaja incalculable. Medité cómo aprovecharme de ello.

Observé a una mujer menuda y morocha que, prestando atención, adiviné sería secuestrada de mi hemisferio. Acerté, mejor dicho, era italiana pero vivió con los Swach en la etapa uruguaya, y por tanto hablaba castellano. Cuando empezó el desbande del final de la comida, me aproximé a ella y me ocupé de conseguirle un café. Toda la escena era un tanto desordenada. Como contrapartida de la compostura que debían mantener frente a los jefes, los modales y lugares en la mesa eran poco definidos, inciertos, llenos de lagunas. Me enterneció porque me recordaba los almuerzos en el restaurant cuando los clientes se habían ido.

Paola se llamaba la mujercita, debía doblarme en edad y tenía ojos oscuros y vacíos. Los de alguien que ha visto mucho pero ha aprendido a no quedarse con nada. La cocina era un lugar cálido y, pese al posicionamiento en el sótano, tenía ventanas a ras del techo por donde entraba el sol de la campiña y el aire caliente. La mayoría se retiró a dormir la siesta, un par se quedaron lavando los platos y capturé a Paola para que me hablara de la familia. Tuve suerte, ella quería saber de Flora. Hice mi parte primero, modulando tan neutralmente como pude. Cuando mencioné a Rafael, me pidió una descripción y después asintió con la cabeza. También conocía a Serena. Pero nadie de los que trabajaban en el *palazzo* allá en Venecia se había reportado a sus jefes...

Era mi turno. Quise saber sobre el *signore* Edgar. Con su voz pesada me hizo saber que hacía años que padecía esa enfermedad. Paola sonaba un tanto sarcástica y me puse a indagar por qué.

—Nadie... sabe si es una enfermedad real... A veces está consciente y otras no y... se sospecha que se hace el enfermo...

—¿Pero por qué haría eso? —pregunté, aunque imaginaba la respuesta.

—La *signora* Rosa... ella puede ser terrible.

—¿Viste algo horrible?

—Algunas cosas... Flora, pobrecita, hizo bien en irse. Los hermanos también se fueron. La *signora* nos dijo que murieron por drogas, pero sabemos que están en alguna parte.

—¿Cómo es que saben?

—Ada, la cocinera, los vio cuando visitaba a su hermana en Roma.

—¿Y creés que viven en Roma, acá nomás, y no visitan a sus padres?

—Con padres así...

—Pero. ¿La *signora* Rosa, te trata mal?

—Nunca, ella es muy correcta y amable.

—¿Trataba mal a sus hijos?

—No directamente. Los ignoraba cuando quería castigarlos.

—¿Qué hacía?

—Irse en medio de charlas privadas. Eludir citas, olvidarse de fechas importantes.

—¿A qué se dedica? ¿Qué hace todo el día?

—Caridad, cenas benéficas, hospitales de niños, esas cosas.

Me quedé en silencio, agotada. No podía preguntarle qué hacer.

—Me alegra saber que estuvo con Flora cuando murió —me dijo por fin, y se levantó.

Me quedé en la cocina, nerviosa. Incluso cuando todos se fueron. Asalté la heladera, comí trozos de fruta y queso preparados para la cena. No lo suficiente como para que se notara. ¿Era útil? Digo, yo, ¿me había convertido en alguien útil? No a la sociedad, evidentemente, sino en las grietas. ¿A Flora, a Rafael, a Rosa, a Edgar? ¿A mi Abuelo?

Sonó un timbre y me sacó de mi ensueño. Afuera anochecía.

Para la cena estaba repuesta. Me peleé con mi conciencia a muerte, pero sabía que no era la clase de persona que podía irse. Así como no pude evitar cuidar al Abuelo. Así como prometí lo que prometí a Flora. Así que tendría que quedarme hasta que el *signore* Edgar se dignara resucitar. Entretanto, éramos Rosa y yo. Y si ella fingía que todo estaba bien, yo haría lo mismo, aunque mi diablito interno me hiciera las más terribles sugerencias. Imité sus modales exagerados al desdoblar la servilleta y su sonrisa, traicionada por sus ojos. No los había podido entrenar. Era miedo lo que la poseía. De modo que me ablandé y le seguí la corriente y acepté ir a Spoleto de compras al día siguiente.

Nadie me esperaba en ninguna parte. No tenía apuro. No tenía itinerarios ni *deadlines*. Ni siquiera una fecha en el pasaje. Podía no volver jamás y nadie se sorprendería. De pronto me acordé de la mirada de Rosa y deseé nunca llegar a tener esa sensación dentro de mí.

Las horas comenzaron a sucederse sin pena ni gloria. Me adapté a una rutina. Pasaba la mañana con Rosa, la tarde en la cocina y la noche leyendo. No lograba acostumbrarme a las figuras de las paredes, siempre me sentía observada y, con el tiempo, paranoica.

Esa primera salida fue especial, al menos para Rosa. Se esforzó en satisfacer mis deseos, incluso cuando yo no pedía mucho. Me llevó a una *delicatessen* a comer tortas empalagosas y tomar café fuerte. Me hizo recorrer los sitios históricos. Insistió en comprarme un lacre con mis iniciales en una pequeña librería. El lugar era delicioso. Cargado de cuadernos de papel grueso, hecho a mano, plumas de vidrio y hojas membretadas. El olor me enloqueció.

Todo el tiempo intentaba hacerme preguntas, esas que debería haber hecho el primer día. Reticente en un comienzo, me dejé llevar por la nostalgia y le hablé del Abuelo, del restaurant, de las calles del barrio. Su mirada, sin embargo, no terminaba de encajar con su tono de voz y me mantuvo alerta.

El sitio histórico por excelencia en Spoleto es el acueducto romano. Poco sabía yo de historia y el guía que contrató —un musculoso italiano que me provocó fantasías— nos agobió con datos. El acueducto en sí era un delgado puente, al estilo de la Muralla China, por encima de un valle abrupto. Tenía unos arcos que lo sostenían y resaltaban la profundidad del abismo. Vértigo es lo mínimo que me acometió cuando lo enfrenté. Miré a Rosa y sacudí la cabeza. Ella me sonrió con dulzura y extendió su mano llena de anillos. La tomé con fuerza y avancé, aterrada. Ya en el medio del trayecto me pidió que mirara para abajo pero me rehusé. Los peores datos que Paola me chusmeó aparecieron en mi mente y me imaginé cayendo en picada. Mis padres nunca sabrían qué fue de mí. O Rosa viajaría a Buenos Aires con mis restos...

Almorzamos tardíamente en el pueblo y necesité dos Martinis para dejar de transpirar. Rosa había caído en un trance robótico y sólo me hablaba para comentar el clima o el sabor de los platos.

En sucesivas mañanas conocí la iglesia de piedra, el museo, la capilla renacentista. Nada me produjo el más mínimo escalofrío. Me sorprendía ser la misma persona que lloraba y se emocionaba leyendo libros y viendo malas copias de lo que podía ahora ver en vivo y directo. Quizás sólo me reservaba para Roma.

Rosa intentó convencerme de hacer un viajecito a la capital, pero con mi última fuerza de voluntad repetí una y otra vez que no. Era mi premio, mi trofeo si lograba atravesar este valle de penurias y vencer los obstáculos. No lograba determinar si Rosa era un hada o un dragón.

Cuando volvimos, me fui a mi pieza y dormí una siesta profunda en la cama de Flora. Los detalles del techo y los muebles se me hacían cada vez más familiares y ya no tenía que chequearlos para tranquilizarme. Hasta hurgué en algunos de sus cajones. Y en su placard. Tenía ropa cara, que yo nunca hubiera elegido pero que me quedaba a la perfección. Me encogí de hombros, mandé mi ropa al lavadero —después descubriría que quedaba en el sótano junto a la cocina— y me puse su ropa. Estaba limpia y casi sin usar. Para la cena esperé ver a Edgar, pero sólo encontré un plato. Consuelo, otra de las mucamas, me comunicó que la *signora* estaba indispuesta. Cené en compañía de los frescos de las paredes. Muda, pero con esas voces dentro de mi cabeza.

Algunas tardes me instalaba en el patio empedrado que miraba a las colinas, con un libro entre las manos y me distraía mirando el horizonte y dejando pasar el tiempo. Nada me interrumpía y había una paz que poco recordaba en mi vida anterior. Mi vida anterior a Spoleto, a Venecia misma, se esfumaba cada vez más. Los rostros de mis primos, los gestos característicos de mis padres, el menú del restaurant, los detalles del empapelado de mi pieza.

Una tarde, después de almorzar copiosamente con Rosa en el pueblo, me dirigí a la cocina a averiguar qué sucedió con mi ropa. No encontré más que miradas esquivas y cuerpos alejándose del mío. La mirada de Paola, la única que me enfrentó, parecía decir con desdeño, "no se puede pertenecer a los dos bandos". Me resultó hiriente, no conocían la situación, el duelo de Rosa por Flora. Pero creo que también inventaban historias sobre mí. Me fui acostumbrando al idioma y escuché una versión en la que yo aparecía como una estafadora, intentando quedarme con la herencia de los Swach, como en las novelas de Henry James. Sin embargo, me sentía desposeída sin la calidez de esa gente de afectos básicos y frases que combinaban con sus miradas.

Cada tanto pensaba en Rafael e intenté hacer pesquisas sobre él, pero nadie parecía saber mucho más de lo que yo ya conocía. Entonces recordé el robo del Duchamp y la colección secreta del *signore* Swach. Hablé lateralmente con Rosa sobre arte y ella me contó de los tesoros que Edgar conservaba en cada una de sus mansiones. Con horror, me di cuenta de que susurraba al decírmelo y que su tono de voz cobraba la intimidad reservada a la familia. Jamás mencionó el robo y me divirtió que Rafael se hubiera salido con la suya, aunque —como Demoophon— me hubiera abandonado en el momento clave.

Lograba instalarme en la cocina por naderías, excusas transparentes que obligaban a los empleados a tolerarme. No sabían que era para mí un mundo no sólo más real, sino necesario, vital, el elemento que me permitía mantener la cordura. Se ablandaron a la larga, quizás porque entendieron que no iba a convertirme en una Swach. En cuanto a mí, demasiados lazos de parentesco se disputaban mi sangre.

En la larga mesa de la cocina miraba a la cocinera preparar la comida, a veces le daba algún consejito que aprendí —pero jamás ejecuté— de ver a mis parientes en el restaurant. Pero Ada mezclaba los ingredientes sin ninguna pasión, y no existía remedio alguno para eso. Allí en el sótano de la casa redonda, el tiempo podría haberse detenido, regularizando las respiraciones, hipnotizando a sus ocupantes para que continuaran sus labores a perpetuidad. Como zombis. Encontraba más calor en sus miradas, sin embargo, que en las de Rosa.

Y mientras, imaginaba Roma. En la biblioteca encontré libros y mapas que devoré, acumulando información sobre monumentos, museos, barrios y costumbres. Me imaginé en las fotos, tomando un capuchino en Piazza Navona o mirando el río desde el Castel Sant´Angelo. El verano se acababa, pero las temperaturas altas continuaron, produciendo una continuidad seductora que me protegía de la ansiedad, todo seguía igual, no había apuro. Ni necesidad de contar, nadie me esperaba en ninguna parte.

(opus alienum)

El viento cambiaría de dirección, aseguró la cocinera, y entonces, recién entonces, terminaría el verano. En esto pensaba cuando por fin me iba a dormir y abría las ventanas de par en par para dejar entrar la brisa. Que era tan caliente que sólo me hacía acelerar el pulso, mis pulmones luchando por conseguir aire. Daba vueltas desnuda sobre las sábanas húmedas y trabajaba en no contestar las preguntas que el inconsciente de la vigilia me planteaba.

Durante un par de semanas, Rosa me acarreó hasta Spoleto para proseguir la educación. Era sorprendente la cantidad de iglesias, museos ruinas romanas y reliquias para un lugar tan pequeño. Las calles eran muy angostas y medievales, hechas de piedra y con arcos que las atravesaban. Me imaginaba a Rosa haciendo la misma travesía con Edgar, a quien sospechaba muy culto y poseedor de conocimientos de todo tipo. Yo no me animaba a entrar a las iglesias, así que ella lo hacía sola, salía al cabo de unos diez minutos y le preguntaba cómo era por dentro. Entonces tenía cuerda hasta la siguiente parada. Pronto se convirtió en un vía crucis donde yo resultaba ser la cieguita guiada por el perro.

Algunas veces, por la tarde, acompañaba a Paola o la cocinera a los mercados del pueblo. Entonces me sumergía en un submundo de olores y texturas apabullante. Escuchaba las voces en italiano discutiendo, siempre, y tocaba las frutas tibias y suaves. Me daban a probar uvas y duraznos, los más dulces jamás paladeados, y empecé a pensar cómo les gustaría a mis padres visitar la tierra de los ancestros.

A la hora de la siesta estaba la biblioteca, abierta para mí y ofreciéndome sus infinitos volúmenes conteniendo infinitos viajes inesperados. En eso consistía quizá la felicidad. Libros y frutas. Y un paseo que añadí cuando me mareaba de tanto leer. Caminaba por los patios adjuntos, entre las amapolas y fresias que Rosa vigilaba de cerca —aunque le tocaba a Tomás, el jardinero, el trabajo duro— y observaba la casa, redonda como sugería el nombre, con una pizca de asombro. A veces, lo confieso, intentaba echar un vistazo al cuarto de Edgar, pero sólo veía penumbra y reflejos como si hubiera mucho vidrio.

Fui cambiando el cuarto de Flora para suplir mis necesidades. Rosa me regaló un nuevo cobertor para la cama y yo me ocupé de esconder las fotos. *Hasta que me vaya*, pensaba, *después pondré todo en su lugar*.

Cada tanto me sentaba en un café del pueblo, con una pilita de postales, y garabateaba mensajes telegráficos para mi familia. Terminaban sin excepción en el fondo del cajón de la mesa de luz.

Rosa no estaba en casa todo el día. La mayoría de las tardes tenía reuniones misteriosas con gente que desconocía. Muchas de las cenas las tomaba afuera. A veces me hablaba de sus labores como dama de la caridad; después de todo, eso fue lo que hizo toda la vida como esposa de un diplomático.

La cocina se convirtió en mi refugio. Me encontraba allí una y otra vez durante esos huecos del día donde no sabía muy bien qué hacer conmigo misma, entre el final de un libro y el comienzo del otro, por ejemplo. O cansada de una salida con Rosa pero incapaz de dormir la siesta por el calor. O en las noches... Sabía dónde estaba cada cosa, hasta en la oscuridad, con la luz de afuera entrando por las ventanitas altas. Abría la heladera para encontrar algún resto de la cena, o untaba galletitas con paté o me preparaba un té de manzanilla. Y si cerraba los ojos, podía imaginar que estaba en la cocina del restaurant. El motor de la refrigeradora, el agua corriendo por los caños —los intestinos de la casa—, el olor a humedad y a especias en el aire. La mesa de madera donde se cortaba y picaba, tibia por el calor. Podía quedarme horas.

Pero esa noche llegué para descubrir que ya había alguien sustituyéndome para el ritual nocturno. No era té de manzanilla ni paté, sin embargo. Era el tradicional vaso de leche. Rosa me miró desde su ser alelado enfundado en una bata color tierra. Ni siquiera intentó una sonrisa. Noté que jadeaba. Vi remedios y envases dispersos sobre la mesa.

—¿Qué pasa? —me aproximé.

—Nada, no podía dormir —su voz era un hilito de angustia.

—¿Llamo al médico? ¿Te traigo algo?

—No, no, a veces cuando estoy muy estresada me cuesta respirar...

—¿Asma?

—Algo así...

Nerviosa, llené la pava y la puse a hervir. Preparé mi taza y mi saquito de té. Era tan raro verla en el sótano de la casa, aun cuando fuera su cocina. No pertenecía allí. De reojo la vi ingerir pastillas con manos temblequeantes y aspirar algo por la nariz. Mientras el agua hervía, abrí la heladera y miré estante por estante. Pero tenía un nudo en la garganta yo también, no imaginé encontrar a nadie a esas horas en la cocina. Cuando me senté de nuevo, con el té humeante, había recuperado la respiración.

Pensé que se iría y yo podría volver a mi rutina, calmar mis pensamientos, pero se quedó ahí, jugueteando con los envases de remedio.

—¿Qué es eso que bebes? —le dije—. ¿No me preparas uno?

—Por supuesto.

—Casi me quemo la mano con el apuro.

Entonces me contó del evento que se aproximaba. Las Damas de Caridad elegían todos los años una persona para organizar una cena y juntar fondos para el hospital local. Y este año era ella. La felicité. Sus ojos repentinamente resplandecían.

—¿Qué pensás hacer?

—Una gran cena aquí.

—¿Y Edgar? ¿Se recuperará?

—Nadie sabe que está tan enfermo. Si lo supieran no me encargarían esta tarea... Y no cambia nada, que esté o no.

—¿No van a preguntar por él, esa noche?

—Diré que tuvo un viaje o que tiene gripe.

Silencio. No comprendía qué sucedía. Pero la veía tan... orgullosa que creí entender sus razones.

—¿Me vas a ayudar?

—Yo... no sé nada de protocolo u organización...

—Por favor... Flora siempre lo hacía...

Asentí. Bajé la cabeza. Dije sí. Fuerte y claro. Sorbimos el té en silencio. Reconfortada, me besó en la frente y se fue, dejando la taza en la pileta. Necesité un par de horas para seguirla. Y algunas de sus pastillas.

¿Puede uno convertirse en otra persona? es lo que pienso en medio de la noche infernalmente calurosa. *¿Puede uno redimir a los muertos? ¿O a los vivos? Esta percepción tan real de lo que sucede dentro del envase de piel del otro, esta delimitación tan poco precisa de donde termino y empieza el otro. Saber qué sienten los demás, ¿me obliga a ser ellos? A ayudar, a ponerme a su servicio, a portarme bien... o es mi odiosa necesidad de ser contenida, retenida, borrada, hecha invisible para no pensar... para no pensar como pienso. Uno siempre es el receptor de las miradas, pero ¿puede uno influir en lo que el otro mira? ¿Y cómo lo mira? Los deseos e infamias ocurren al mismo tiempo que los rayos enviados por la pupila, que la información y el sentimiento avanzan a velocidad luz por la intrincada autopista del cerebro... Y estamos encadenados a la continuación en el tiempo, a la irrefrenable parsimonia del ocurrir. ¿Cómo es posible entonces dar una respuesta adecuada, Abuelo? Todo lo que hablamos, todo lo que leí no sirve de nada, a veces, porque lo que consumo de la inmediata realidad es una gelatina que me asfixia, es agua sucia que me inunda, es aire caliente que me impide ver la diferencia. Abuelo, te alcanza extenderte, continuarte en mí... ¿y yo entonces*

qué hago con mis células y mis genes y mi inenarrable
incapacidad de bastarme a mí misma? Me duele el
cuerpo y la cabeza no para de girar.

Pasado el mediodía me arrastré desde la cama a
la cocina. Estaban lavando los platos y olía a detergente
con limón.

—¿Querés un café? —preguntó Paola.

—Y cualquier cosa para comer —rogué,
semidesmayada en una silla.

Los miré accionar. Parloteando en italiano.
Colocando cada cosa en su lugar. No terminaba de
saber qué estaba mal en la imagen que veía. ¿Yo?

—La *signora* te espera en su estudio —me
anunció Ada, la cocinera, con mirada de burla.

—¿Rosa está acá? ¿Y cómo no me despertó
antes?

—Dijo que tuviste una mala noche.

—¿Saben de la fiesta?

—Tenemos listas... es en dos semanas.

Pero Ada continuaba ironizando con su gesto,
las cejas levemente alzadas en desaprobación.

—¿Qué pasa? ¿Qué estoy haciendo mal? —
pregunté por fin, luego de dos tazas de café y varios
panini.

—Nada, nada. ¿Pero no estás de vacaciones?
¿Trabajar en vacaciones?

—Es sólo una ayudita. Flora lo hacía, ¿no?

Todos estallaron en carcajadas.

—Flora venía a comer en las fiestas, con sus
amigos —contó Paola

No quise saber más. Amigos. Pensé en Rafael. ¿Podría salvarme de este limbo, como lo hizo en Venecia? El agua parecía en la lejanía tan inofensiva.

Rosa me hizo señas desde un escritorio atestado de papeles. La oficina era un cuarto pulcro, con muebles de madera oscura y paredes con delicados cuadritos de flores. Hablaba por teléfono a toda velocidad, en italiano, vestida con un trajecito lavanda y el pelo erizado de *spray* luego de la peluquería. Aquel sería el espacio en el que viviría durante las siguientes semanas. La cena en cuestión era como una de esas complicadas bodas de gente que quiere algo sobrio pero elegante, discreto pero original. Yo tenía alguna experiencia en la organización de la comida, ya que había presenciado despedidas o cumpleaños en el restaurant, así que de eso me hice cargo. O, mejor dicho, fui hecha cargo por Rosa.

Paola se convirtió en mi asistente porque necesitaba una traductora que entendiera castellano e italiano, y estuvo contenta de variar sus tareas un poco, salir de la rutina. Por mi parte, mis patrones de hábitos se hicieron y deshicieron tanto en los últimos meses que simplemente me adapté a levantarme temprano, armar una agenda en la mesa del desayuno, transportarme al pueblo con el chofer, Betto, y Paola y tener largas conversaciones sembradas de capuchino y cannoli con los proveedores locales.

Por la tarde supervisaba la cocina, mientras Ada y su ejército preparaban todo lo que se podía mantener en el *freezer;* y al final del día cenaba con Rosa para intercambiar datos de nuestras andanzas. Muchas veces teníamos una o dos personas invitadas, otras Damas de

Caridad a quienes se reclutó para la ocasión, y entonces yo aprovechaba mi desconocimiento del idioma para dejar vagar mis pensamientos. Más tarde, alterada por las cantidades de cafeína consumidas durante el día, necesitaba alcohol o pastillas para siquiera cerrar los ojos. El cansancio de un ritmo tan poco habitual en mí me acunaba finalmente.

A menudo me encontraba entre dos fuegos. El sector cocina, al que ahora me dirigía en mi función de supervisora, y Rosa y su séquito. Ada, a la cabeza de los del subsuelo, ironizaba todo el tiempo y cuando me agarraba desprevenida me preguntaba por la *"mia mamma"*, refiriéndose por supuesto a la madre de Flora. Y lograba sacarme del eje, porque inmediatamente pensaba en mi verdadera madre y una especie de vergüenza teñida de melancolía se apoderaba de mí.

Rosa no se quedaba atrás y hacía lo que podía para enemistarme con los de abajo. Me enroscaba con zalamerías y regalitos que no podía rehusar y me agradecía todo el tiempo por mi ayuda. Sospechosamente, en vez de chocarme me ablandaba. Como mensajera entre los dos mundos suavizaba las aristas para que todo reinara en armonía.

La falta de lectura y la falta de tiempo a solas pronto me embotaron y sabía que el pequeño reloj interno que controlaba mis estados de ánimo empezaba a marcar los minutos con más intensidad. Como una bomba en el fondo del mar, podía causar estragos aun cuando sus latidos fueran tan apagados.

Pero no podía evitar contagiarme del entusiasmo de Rosa. A través de mi cansancio, la veía infatigable corretear de un lado al otro, tipear y discar y cambiar de idioma para lograr lo que quería. Lo más increíble de todo era que ese era su trabajo habitual, que lo hacía todo el tiempo. Después consideré que quizás era más fácil entregarse así a los deseos de los demás y evitar confrontar los propios...

En uno de los múltiples descansos que tomé con Paola, esta vez en el centro de Spoleto, en un café diminuto con espumosas tazas de capuchino delante, me contó de su vida en Uruguay y de sus mudanzas tras los Swach.

—¿Y nunca pensaste en hacer tu vida, sola, sin ellos? ¿Conocer un hombre, tener familia? ¿O dedicarte a una profesión y vivir en el mismo lugar?

—¡Mirá quién habla! —y sin más explicación se rio de mí flagrantemente.

—Estoy cumpliendo una misión —casi grité, despechada—. En cuanto Edgar reaccione, me voy a la mierda.

Paola se encogió de hombros, lágrimas de risa —u odio— en los ojos. No volvimos a tocar el tema.

Para mediados de septiembre todo estaba preparado y la indetenible Rosa me atormentaba día y noche con listas improvisadas de cosas que podían salir mal. Contamos y recontamos los canapés, las botellas de champagne, las invitaciones confirmadas... hablábamos de trescientas personas. La Rotonda no era exactamente ideal para una multitud, pero Rosa abriría el jardín para que la gente deambulara a su antojo.

La noche del evento llegó. Las antorchas ondeaban en el jardín y un suave viento aliviaba el calor y hacía flamear los manteles de fino algodón. Las mesas estaban cubiertas de jazmines y un aroma intoxicado de especias confundía los sentidos. Me puse el vestido que escogimos para la ocasión, seda azul y tacos, hasta un poco del maquillaje que Flora dejó atrás. Recorrí la casa con una tonta sonrisa de orgullo en el rostro. Rosa no dejaba de agradecerme y, antes de que llegaran los invitados, me prestó un par de sus aros de perlas. Hasta Paola y Ada se veían impresionadas cuando aparecí en la cocina para dar la orden. Estaba demasiado nerviosa y los dejé salir delante, mientras a escondidas bebía champagne.

(come rain or come shine)

Vaguedad de la atmósfera cargada de luz de sol entrando por alguna abertura. La cabeza pesada y una percepción lenta de las cosas. Me incorporo en la cama. Recibo una corriente fría de la ventana. Me estremezco y estoy a punto de volver al útero de las sábanas tibias. Veo el reloj. Falta poco para el atardecer y eso significa que dormí todo el día.

Afuera todo es paz. La casa está limpia como si nada nunca hubiera sucedido. Sólo un suave murmullo de las almas que atravesaron el espacio...

En la cocina toman un té tardío antes de preparar la cena. Los ánimos relajados y de buen humor. Me arrebujo dentro del suéter.

—Hace frío —digo, innecesariamente.

Ada me alarga un sobre.

—Es de la *signora*.

Lo abro. Es un cheque. Me voy.

(la via appia)

Durante la seconda guerra sannitica, nel 312 a.c., Appio Claudio il Censore aveva dato avvio alla costruzione della prima grande strada romana, la via Appia.

La grande arteria, la prima di un sistema viario che fu determinante nel processo di espansione romana, collegava inizialmente Roma a Capua, per poi proseguire verso Benevento (268 a.c.).

No está bien, nada está bien.

La via Appia verrà estesa successivamente fino a Brindisi collegando di fatto il mar Tirreno con il mare Adriatico. A lavori completati, nel 190 a.c., la grande strada romana era lunga 530 Km e permetteva alla legioni di raggiungere il mare Adriatico in una ventina di giorni.

Questa strada venne costruita per ragioni militari, ma anche per collegare le nuove colonie che Roma andava insediando nell'Italia meridionale.

Più avanti nel tempo, la grande arteria assunse valore sotto l'aspetto commerciale.

Calmáte, de una vez.

La via Appia, fu la prima delle grandi strade romane che vennero costruite con tecniche innovative e che rappresentarono dei veri capolavori di ingegneria.

Queste strade venivano costruite in una posizione rialzata così da permettere un buon controllo del territorio circostante, rendendole in questo modo meno rischiosa rispetto agli assalti di banditi oppure di eserciti nemici.

No es el fin del mundo... pensó que yo ... que yo...

Tendenzialmente seguivano una linea retta e gli ostacoli naturali venivano superati con ponti e terrapieni.

Il primo tratto della via Appia collegava Roma, in corrispondenza della Porta Capena, nelle mura "serviane", alla colonia di Terracina con un rettilineo lungo 90 Km.

La costruzione avveniva con uno scavo nel terreno che poi veniva riempito con vari strati di materiale ricavato sul posto. L'ultimo strato era costituito dal selciato che veniva sistemato in modo da consentire lo scolo sui lati dell'acqua piovana.

Sí, que era una profesional, que podía pagarme por mi trabajo, ¿es tan terrible?

I vari strati assicuravano un buon drenaggio, rendendo le strade praticabili anche in caso di abbondanti piogge.

La parola strada deriva proprio da strato (stratum).

Le misure di una strada erano stabilite per legge: 2,33 metri nei rettilinei e 4,66 nelle curve. Tali misure dovevano consentire il passaggio contemporaneo di due carri che procedevano in direzioni opposte.

Mis padres estarían orgullosos, yo, la inútil, haciendo catering en la pomposa Umbría...

La lunghezza era indicata dalle pietre miliari poste ai lati della strada.

Sul terreno circostante la via Appia, definita "Regina Viarum" (regina di tutte le strade), vennero costruiti, monumenti sepolcrali, i "mausolei" e importanti ville.

Divenne anche famosa per i numerosi ritrovamenti di catacombe, i sepolcri dei primi cristiani.

Appio Claudio il Censore, avviò anche la costruzione del primo acquedotto romano, l'acquedotto Appio che portava a Roma quell'acqua che prese da lui il nome: Acqua Appia.

Abuelo, ¿podrás perdonarme?

(omphalos)

¿Cuál es la distancia correcta? ¿Cuál es la mirada ideal? Creí que nunca más volvería a confiar. La gente apenas me rozaba y yo me estremecía, me cerraba como un girasol en la oscuridad y caminaba como autómata, sin volver la cabeza. No es que la gente me atacara, en Roma todos son amigables, incluso los extranjeros. Pero debería haber sabido que sin nativos cualquier ciudad se ve de afuera. Lo cual resultó bueno, en un principio, porque entonces es el reflejo de la ciudad que uno tiene dentro de la cabeza, de lo que uno quiere ver. Y eso era justo lo que necesitaba.

El aire de Roma, la ciudad mágica. El ombligo del mundo. Bajé del tren y respiré hondo. Busqué un banco en la misma estación y cobré el cheque. En enormes billetes de colores y monedas plateadas. Tomé un taxi y le pedí que me llevara al hotel más caro. Mi tiempo en el país había dado frutos porque el conductor me entendió de inmediato. La ventanilla baja, una brisa cálida, las primeras imágenes de la ciudad soñada y conocida a través de libros y guías —algunos de los cuales el *signore* Swach se sorprendería de no volver a encontrar en su biblioteca. Calles empedradas, avenidas repletas de motos a mil, casas bajas pintadas de amarillo y naranja, persianas verdes, flores en las ventanas, Roma era una mezcla idílica de Escher y de

Chirico, me mareaba y me hacía feliz porque ya no quería controlar nada. Olvidé el mapa dentro de mi mochilita, sabía que el taxista se aprovechaba de mí y tomaba el camino más largo, pero no me importaba. Cruzamos el río por un puente y regresamos por otro, los árboles desprolijos a los costados, las callecitas estrechas del centro, con sus súbitos muros, el calor que subía del asfalto y el olor a fruta en el aire.

Era un hotel cinco estrellas cerca de la Fontana di Trevi. Llené formularios y me arrastré a la habitación tras el sonriente botones, por fin estaba ahí y me sentí extenuada.

Dormí durante tres días seguidos, con pausas para pedir comida a la habitación o ver películas que no terminaba de entender en la tele. Cada tanto abría las persianas y escuchaba el ruido del agua de la fuente, como si estuviera cerca del mar. Caí en la cuenta de que por una u otra razón nunca estuve sola por un largo tiempo. Y sólo quería dormir. Cerrar los ojos y hundirme en sueños sin argumento.

Cuando recuperé las fuerzas estaba en un estado catatónico. La gente que apenas hacía contacto con los ojos me daba miedo. No más conocidos, no más muertes, no más misiones. Quería que los demás fueran un empapelado, una función de mi imaginación, un complemento de mi cansancio.

El cuarto, una suite de dos habitaciones con escritorio y fino papel membretado, me aburría. Así que por un tiempo me arrastraba hasta la Fontana, me sentaba en un cafecito de la esquina, desde donde podía ver a los turistas, y entre capuchino y capuchino, los contaba. Llevaba un registro de cuánta gente visitaba la fuente, cuántos sacaban fotos, cuántos tiraban monedas, cuáles eran las horas pico y cuándo aparecían y desparecían los vendedores ambulantes. Me sorprendió ver que el tráfico era permanente y que incluso tarde de noche tenía visitantes.

Me tranquilizaba seguir una rutina.

Lentamente comencé a entender que no corría ningún peligro. Las grandes ciudades, el anonimato, la gente que entraba y salía, a nadie le interesaba saber de mí. Estaba a salvo.

Un momento. Buenos Aires es una gran ciudad pero jamás me sentí a salvo. En ciertos barrios, quizás. Pero podía encontrarme con cualquiera en cualquier momento. Y sería el día que tenía la mirada ausente. O la ropa sin combinar. O me había olvidado de ponerme aros.

Fuck off.

Sentí dentro de mí el alarido, el hartazgo, me cansé de la amable súplica, el pedido cadencioso, por favor, por favor... me hastié de pedir perdón. ¿Perdón por qué? Por no encajar, nunca.

En Roma, de repente, era libre. Estaba lejos del restaurant, mi abuelo, la familia, Flora, los Swach. Nadie me conocía. Y lo que es más, a nadie le importaba.

Roma. Una ciudad enorme, llena de callecitas estrechas y negocios y gente. Mucha gente de rostros desconocidos, de miradas que me hacían invisible. La mujer invisible. Qué envidia, pensaba, ir y venir sin que nadie te juzgue. Aliviada, en franco frenesí por el descubrimiento de que más que dolor sentía alivio, paz, oxígeno extra para ... para no hacer nada.

Todavía odiaba cenar en mi suite de hotel, a solas con la tele. Así que me avine a recorrer la ciudad y elegir dónde cenar. En un principio las parejas haciéndose arrumacos me deprimieron y elegía esos sitios para turistas donde la comida es la peor pero que están llenos de ruidos y el silencio no tiene cabida.

Procuraba cenar tarde. Por suerte, los lugares estaban abiertos hasta entrada la noche. El verano se había terminado oficialmente, pero la temperatura era amena para caminar por los empedrados irregulares y cansinos que conectaban como ríos la ciudad. Piazza di Spagna, Piazza Navona, Trastevere, los barrios se extendían en la punta de mis pies como el camino de ladrillo amarillo de Dorothy. ¿Era una ciudad o un pequeño planeta? No terminaba de reconocer una dirección, una esquina, un número que me guiaran por el laberinto. Y, sin embargo, nada era como en Venecia. Estaba tranquila y relajada y sabía, *sabía* que de alguna manera llegaría.

Roma era una ciudad virgen. Podía inventar todo de nuevo. Podía reinventarme a mí.

Porque la cosa es que nadie es realmente necesario. El tiempo todo lo cura. Y o se vive o se muere, pero no se está en el medio —o tal vez sí en Venecia, la Tierra Purgatorio. Y no importaba si Rosa me quería de vuelta o si alguien me fuese a buscar al aeropuerto en Buenos Aires —si alguna vez volvía— el asunto era que cualquier cosa que decidiera era para mí, para mi persona, para el resto de mi vida. Y no tendría que dar razones a nadie —excepto que haya un juicio final y eso es muy complejo de pensar— y de mí dependía quedarme o irme, matarme o vivir, encerrarme o salir, ser... lo que sea. Uno sólo puede hacer el esfuerzo de ser lo mejor que se puede hacer con uno mismo. Sin compromiso. Sin deudas. Sin perdones.

Caminar por Roma sólo confirmó ese exaltado sentimiento pre-creativo, el momento antes de que lo que salga de nuestra cabeza se convierta en Frankenstein y sea nuestra pesadilla. El día en que se cobra conciencia de que sólo se necesita un block de hojas y una birome. Todo es posible. Y nadie, nadie lo sabe antes que yo.

(epílogo)

Eventualmente, el dinero de Rosa se acabó. Y me mudé a un cuarto de pensión en un barrio más barato. Era una auténtica casa romana, con un patio central y enormes habitaciones a los costados pintadas de colores rimbombantes. La mía era durazno, alegre y vibrante. Tenía una cama pequeña, un armario y un escritorio antiguo del que me enamoré a primera vista.

Eventualmente, perdí el miedo a los otros. Pude sostener la mirada de los demás y hasta sonreír tímidamente.

Eventualmente, me comporté como turista.

Comí lasagna una y otra vez.

Caminé por la Via Giulia.

Tomé martini en la Piazza Navona al atardecer.

Sentí náuseas en San Pedro.

Lloré en la Capilla Sixtina.

Usé pantalones y remeras con mangas para entrar a las iglesias.

Subí los escalones en Piazza di Spagna.

Miré vidrieras con ropa que jamás podría comprar.

Compré remeras en Benetton.

Transpiré en el Foro romano.

Me quedé con la boca abierta en el Coliseo.

Quedé hipnotizada con el *oculus* del Panteón.

Tomé espresso en la Tazza d´Oro.

Compré fruta en Campo dei Fiori.

Me perdí en el Mercado de Trajano.

Suspiré frente a la placa del lugar donde habitaron brevemente Keats y Shelley.

Circundé el Ara Pacis.

Tiré monedas en la Fontana de Trevi...

Me detuve frente a la fachada de mil iglesias tratando de descifrar el estilo arquitectónico.

Vi la ciudad desde lo alto de la colina Esquilina.

Metí la mano en la Bocca della Veritá.

Comí pizza en Trastevere.

Entré en el Castel Sant´Angelo, donde está enterrado Adriano.

Caminé por la Via Veneto de *La dolce vita.*

Me mojé la cabeza en los bebederos de la calle.

Encontré una exposición de Warhol en un centro cultural que era una capilla reformada.

Compré un grabado de Piranesi.

Eventualmente, necesité sentirme romana.

Me corté el pelo, me compré ropa a tono y hasta pensé en alquilar una Vespa...

Eventualmente, tuve que conseguir un trabajo.

Me convertí en *bartender* en el Soul Café de la ciudad. Un antro oscuro y poblado de fosforescencias, tibio, atestado de humo, pero encantadoramente sensual. Aretha, Marvin Gaye, Otis Redding sonaban cadenciosamente de fondo, las mesas tenían velas y había reservados y sillones mullidos y llenos de historias. El dueño era argentino y seguramente extrañaba, así que me recibió con los brazos abiertos. "Toro" le decían y yo me divertía viéndolo jugar al porteño en romalandia, sin darse cuenta de que *ellos* nos inventaron a *nosotros*.

Me sentía en casa. Preparaba tragos, leía en la barra cuando no había clientes y, eventualmente, tuve que escuchar las historias tristes de los bebedores frecuentes. Entraba a la medianoche y me iba justo antes del amanecer. Atravesaba las calles empedradas y húmedas en los restos de la noche y para la claridad ya estaba dormida en mi habitación de paredes chillonas.

Eventualmente, el pasaje de vuelta expiró.

Eventualmente, mandé postales a casa de mis padres. Pero no di un número de teléfono o una dirección concreta.

Eventualmente, empecé a pensar en italiano.

Eventualmente, mi cuerpo dejó de ser esa coraza entre los otros y yo y se convirtió en grácil piel y miembros y pliegues y fluidos que me sumó al andar de los demás. Piel que se humedecía y secaba y erizaba o estremecía al mismo tiempo que yo. Piel que me transformaba en un maravilloso animal más. Calmo pero no domesticado. Diligente pero no obediente. Abierto a las miradas y al tacto. Parte de la marea. Pero diferente.

Eventualmente, me crucé con Rafael, Paola y Rosa.

—RAFAEL—

De todos los bares del mundo...

Atlético y recién bañado, se acoda en la barra y juguetea con un cigarrillo, lo prende y levanta la vista.

(traduzco)

—¿Qué hacés acá?

—Trabajo acá.

—¿Y Flora?

—Flora murió.

—*(inseguro)* ¿Y qué hiciste después?

—Fui a lo de los padres y les llevé las cenizas.

—*(indignado)* ¿Estás loca?

—¿Qué querés tomar?

—Gin tonic.

Le cuento todo. Todo todo. Y espero a que se responsabilice por su huida. Sin embargo, se queda toda la noche.

—¿Qué hiciste con el Duchamp?

—Lo tengo en mi cuarto.

—¿En dónde?

—Ah, es un secreto.

—¿Tenés muchos cuartos en diferentes lugares del mundo?

—Quizás.

En vez de darme bronca, me divierte. Al fin y al cabo, quién fue más astuto.

—¿y qué hacés en Roma?

—Nada.

—...

—Quizás aprender el idioma... Conseguir gente para mi colonia de artistas...

—¿Por qué Roma?

—*(pensativo)* La calidez, supongo.

Me rio. Concuerdo con él, en Roma me siento en casa. Es como cualquier gran ciudad, se puede empezar de nuevo, renovar la identidad. Pero a veces, los ojos del pasado regresan a recordarte quién eras.

Se queda hasta que cerramos y terminamos besuqueándonos por encima de vasos sucios y botellas multicolores. Me acompaña a casa, promete mantenerse en contacto. Se aleja.

—ROSA—

Nunca en el bar, al que jamás entraría, excepto por negocios. En la calle, Piazza di Spagna, de compras. Me hago la que no la veo, pero ella se detiene y me toca el hombro.

—Cómo estás? *(como si nos hubiéramos visto ayer).*

—... bien —recuerdo que la única manera de no caer en la trampa es responder concisa y puntualmente.

—¿Tomamos un café?

Evidentemente ella saca de mí lo que quiere porque la sigo como una oveja a una confitería cara y pretenciosa, cubierta de molduras doradas y plantas descomunales y muebles en exceso.

—¿Disfrutaste el cheque?

—*(Recordé la consigna)* Sí.

—¿En qué te lo gastaste?

—Pagué un hotel cerca de la Fontana di Trevi.

—*(Visiblemente contenta)* ¿Necesitas plata?

—No.

—*(Enarca las cejas)* ¿Cómo...?

—Conseguí un trabajo, me mudé a una pensión...

—*(Irónica)* ¿No vas a volver a Buenos Aires?

—No creo.

—¿Y tus padres?

—*(Sarcástica)* Ellos viven ahí.

—Deberías llamar.

—*(A punto de largarme a llorar)* Me tengo que
ir.

El destino es piadoso y no vuelvo a verla.

—PAOLA—

Cada tanto, por las dudas, voy al aeropuerto. Me tomo una *shuttle* desde el centro y desemboco en el Fiumicino. Deambulo por los corredores, me siento a tomar un café, miro los aviones despegar y aterrizar.

Uno de esos días la veo a Paola. Valija con rueditas, cabello al viento. La persigo como media cuadra, camina más rápido que yo.

—Paola, ¡esperá!

—(*Se da vuelta y me mira y sonríe)* ¿Qué hacés acá?

Va a visitar a sus amigos, a Montevideo. Tiene todavía una hora antes de abordar su vuelo. Vamos a almorzar.

Ensaladas y sándwiches desabridos. Coca-Cola sin gas. Nos sonreímos por detrás de las servilletas.

—¿Por qué no venís conmigo? —sugiere—. ¿Alguna vez estuviste en Montevideo?

—No, pero no, gracias.

—¿No vas a volver?

—¿Por qué a todo el mundo le preocupa que no vuelva? ¿Se me ve mal?

—Para nada. Te iba a decir, estás como... más relajada.

—¿Y vos? ¿Vas a seguir trabajando para los Swach? (*le devuelvo la cortesía).*

—Sí, claro (*se encoge de hombros*), me gusta vivir acá...

Nos reímos y apresuradamente cambiamos de tema.

Le cuento de mi trabajo, de los clientes, del dueño.

—¿Toro? ¿Le dicen Toro?

—Sí, pero los que no saben castellano no entienden el chiste, así que anda en pose todo el tiempo...

El ambiente del aeropuerto me pone nerviosa, todo el tiempo estoy mirando por encima del hombro.

—¿Tenés que encontrarte con alguien? (*molesta*).

—No, no... es que la ansiedad es contagiosa...

Paola está por insistir con la vuelta, pero por algún motivo se detiene y hablamos un rato más de nimiedades. Después se tiene que ir, la acompaño hasta donde me dejan, nos abrazamos con fuerza, me promete ir al bar cuando vuelva de Montevideo, de camino a Spoleto. Se pierde entre el gentío, como en el final de las películas. Me voy a casa, aliviada.

Eventualmente, me vuelvo visible. Angelina Tucci, estatura mediana, morocha, *bartender*, residente en Roma, origen desconocido.

El héroe vuelve a la aldea para contar sus aventuras a los que se quedan manteniendo el hogar. ¿Pero qué si el héroe no vuelve? Todo viaje es una pregunta y no siempre la respuesta está implícita en la pregunta. A veces la pregunta cambia a mitad del trayecto o pierde sentido o se desvanece o no tiene respuesta. Como dejar el espacio en blanco en un examen. Como perder el mapa. Como presenciar la muerte de los otros.

No volver a casa. No contestar la pregunta. No tener casa. Lo opuesto a la claustrofobia.

Apéndices

Efectos del "Mal de Byron"
(fragmento de la Enciclopedia Neurológica)

"Los individuos con este mal a menudo reaccionan de manera estereotipada a los objetos que encuentran, por socialmente inapropiado que sea el marco. Al ver un cepillo para dientes, pueden tomarlo y usarlo, aunque pertenezca a otro y no se encuentre en un baño.

Al entrar en la casa de alguien, pueden inspeccionar abiertamente los cuadros de las paredes, comentándolos y evaluándolos como si estuvieran en una galería. Cuando se les señala lo inapropiado de su conducta, pueden mostrarse confundidos y fabular explicaciones fantásticas de sus acciones.

Porque están muy a merced de los desencadenantes ambientales, las personas que sufren de este mal tienen gran dificultad para formular planes y llevarlos a cabo. El tren de pensamiento y la acción son desplazados por asociaciones que no corresponden. También tienen problemas de memoria cuando recordar requiere el uso de estrategia.

Los individuos con Mal de Byron también pueden carecer de espontaneidad y ser emocionalmente indiferentes a sí mismos y a los otros. Esto puede presentarse sin pérdida de inteligencia. Pueden responder razonablemente a preguntas factuales o teóricas, pero nunca iniciar la conversación u ofrecer información voluntariamente".

Fragmento de "Los cuatro libros de arquitectura", por Andrea Palladio

"Para un solar en Venecia hice la siguiente invención. La fachada tiene tres órdenes de columnas. El primero es jónico, el segundo corintio y el tercero compuesto. La entrada sobresale un poco, tiene cuatro columnas iguales y semejantes a las de la fachada. Las habitaciones que hay a los lados tienen la bóveda de alta según el primer modo de ellas. Además de éstas hay otras habitaciones menores y camarines, y las escaleras que sirven a los sobrados.

Frente a la entrada hay un andito por el que se entra a otra sala menor, que en una parte tiene un patio pequeño del que toma la luz, y en otra la escalera mayor y principal, de forma ovalada y hueca en el medio, con las columnas alrededor que rigen los peldaños. Más allá, por otro andito, se entra en una logia, cuyas columnas son jónicas, iguales a las de la entrada. Esta logia tiene una sala a cada lado, como la de la entrada, pero la que está en la parte izquierda viene un poco disminuida por razón de espacio. Al lado hay un patio con columnas alrededor que forman el corredor, que sirve a las habitaciones de atrás, donde estarían las mujeres y las cocinas. La parte de arriba es semejante a la de abajo; excepto que la sala, que está sobre la entrada, no tiene columna y llega con su altura hasta debajo del tejado y tiene un corredor o balconada en el piso de las terceras habitaciones que servirían también a las ventanas de arriba, porque en esta sala habría dos órdenes de ventanas. La sala menor tendría la armadura al nivel de las bóvedas de las segundas habitaciones, y estas bóvedas serían de altas veintiún pies. Las habitaciones de la tercera planta serían adinteladas, de dieciocho pies de altura. Todas las puertas y ventanas se encontrarían y estarían una sobre otra, y todas las paredes tendrían su parte de carga. Las bodegas, los lavaderos y almacenas habrían estado acomodados bajo tierra".

Fragmento de "Arte y Arquitectura de Venecia", por Marion Kaminski

"Desde el principio, las demandas de agua apenas podían satisfacerse con los pozos de la ciudad, ya que su perforación sólo era posible en puntos muy determinados, por lo común los más alejados del mar. Los primeros pobladores empezaron a recoger el agua de lluvia en cisternas, pero aun así tenían que trasladar agua potable en barcos desde tierra firme, ya que los pozos y las cisternas estaban en constante peligro de inundación con la subida de las mareas. Con el tiempo se fueron perfeccionando los sistemas de funcionamiento de los pozos.

Cuando construían los depósitos de recogida de agua debían tener en cuenta que fuesen capaces de almacenar la máxima cantidad posible de aguas pluviales, pero que las de mar no pudieran entrar. Los pozos y las cisternas venecianos cumplen estos requisitos plenamente desde el inicio de su desarrollo en la Edad Media. Son instalaciones complicadas y costosas y cualquier espacio libre adecuado se destinaba a recoger el vital líquido.

Los alrededores de las cisternas se empedraban y se abrían canales colectores en los que se vertían varias entradas de agua. Los canales y los orificios por donde ésta entraba aún se ven en la actualidad en la mayoría de las plazas, sin que nada permita sospechar el aspecto que tienen bajo el pavimento. El agua recogida no iba directamente a la cisterna, sino que pasaba primero por un sofisticado sistema de filtrado.

Las bocas de los pozos públicos estaban cerradas con una tapa y un candado que un funcionario de la ciudad abría a determinadas horas para que los venecianos pudiesen recoger el agua que necesitaban. Este procedimiento tenía como finalidad tanto regular el consumo de agua como evitar que ésta se contaminase, lo cual constituía uno de los grandes temores que angustiaban permanentemente a la población. En tiempos de guerra, la amenaza de envenenar el agua de los pozos era uno de los medios de mantener a la ciudadanía aterrorizada (práctica que, por otra parte, todavía hoy se continúa utilizando en muchas partes del mundo). Era tal el pánico que producía el envenenamiento, que incluso se utilizaba para instigar a la población contra ciertas personas o determinados grupos, como los judíos, las brujas o los herejes.

A pesar del gran control sobre el suministro de agua, los venecianos vivieron durante siglos un problema que no se reguló hasta la llegada de Napoleón. Los camposantos estaban normalmente en las plazas públicas situadas cerca de las iglesias y que eran las mismas que se utilizaban para recoger el agua. Cuando la plaza se inundaba, el agua empujaba los cadáveres hacia arriba y esta misma agua era la que luego se almacenaba en el pozo, con el consiguiente peligro de contaminación. En el año 1807 se cubrió el canal entre San Michele y San Cristoforo della Pace y se creó una isla-cementerio".

Fragmento de "The Ready Man", biografía inédita sobre Marcel Duchamp por John Berton

"Durante los seis meses que Duchamp habitó en la alejada capital de Argentina, trabó conocimiento con algunos personajes oriundos de la ciudad (llamados *porteños*). Uno de ellos fue Carlos Tucci, un relojero famoso por sus amplios conocimientos sobre maquinarias pequeñas. Duchamp trabajaba por ese entonces en sus *rotoreliefs*. Se trataba de aparatos ópticos motorizados, cinco placas de vidrio pintado que giraban en torno a un eje de metal, operado eléctricamente. Esta fue la primera máquina motorizada de Duchamp y este intentaba hacer que de lejos —aproximadamente un metro— estando en movimiento, las líneas pintadas en los platos aparecieran como círculos concéntricos.

Pero Duchamp no tenía ningún conocimiento de mecánica u óptica y se encontraba anclado en un puerto alejado de la civilización que conocía. Impaciente porque ya había concebido la idea, pero no lograba hacerla realidad, se dedicó a interrogar a sus contrincantes de ajedrez. Uno de ellos tuvo la idea de recurrir a Tucci, un relojero que reparó varios de sus relojes, inclusive uno cuyos repuestos eran imposibles de conseguir en América. Tucci se las había arreglado para hacerlo funcionar injertando partes de otros aparatos.

Duchamp realizó una excursión al barrio de Almagro, y en su escaso español consultó al sabio Tucci, en su típica casona de cuartos anexados en torno a un patio con baldosas como damero. Pasaron tardes encorvados sobre los planos minuciosos de Duchamp, intercambiando ideas a través de palabras sueltas, gestos y, más que nada, dibujos. Finalmente, juntos, lograron idear el mecanismo que hizo funcionar a los *rotoreliefs*.

Duchamp y Tucci se vieron algunas veces más antes de su partida y establecieron una amistad a costa del francés y el italiano, salpicados ambos de porteñismos. Si bien nunca volvieron a verse, Duchamp envió a Tucci una de sus *Boites en Valise*, numerada, de su primera edición".

Notas para un "Manifiesto Postpop"
por Rafael Mercuri

"Hoy tenemos crítica y no ideas
Métodos y no sistemas.
El arte es todo lo que nos queda.
Mirar el mundo y habitarlo.
ROMPAMOS EL VIDRIO.
Parémonos en el gozne de la supuesta realidad
—basta con mirar desde el ángulo debido.
Hoy los artistas se reúnen en congresos y uniforman el
mundo, repiten fórmulas, ironizan sobre la vida con
mirada postmoderna, desde sus casas sofisticadas,
desde los seguros estudios de televisión,
desde los bares de moda.
Es hora de quebrar las reglas una vez más, de imaginar
que somos huérfanos y tenemos que reconstruir la
civilización perdida.
Combatir el virus de la mediocridad,
La infección del consumismo,
La bacteria de la facilidad.
Recordemos que la incomodidad es el estímulo de la
vida.
Empecemos de nuevo, abramos los ojos
MATEMOS EL MUNDO".

Fragmento de una carta enviada por Paola Fuentes a su familia en Uruguay

"...tengo noticias terribles. ¿Te acordás de Flora, la hija de los Swach? Murió. Tenía menos de veinte años y parece que fue un virus, una neumonía o algo así. Una mujer vino a la casa, dijo que era amiga de ella, que habían estado juntas en Venecia. —los Swach tienen una casa ahí— Y le trajo una cajita a Rosa con las cenizas de Flora... ¿No es horrible? Pero hay algo que huele feo en todo esto. Esta piba, Angelina se llama, — flaca, pelo corto, tipo retraído— se empezó a quedar con la excusa de que prometió a Flora decirle al padre en persona lo que pasó. Y sabés que el Sr. Swach no está nada bien, menos para recibir visitas —¡o esas noticias! Entonces se empezó a quedar —¡en la habitación de Flora!— y ahora es como la hija de Rosa. Ah, y no te conté algo fundamental, es argentina... Imagináte vos el resto. Bueno, la cuestión es que está haciendo de hija y todos contentos. Ada no hace más que llenarme la cabeza diciéndome que Angelina se quiere aprovechar de la situación, pero ¿qué puedo hacer yo? No sé a quién creerle, pero creo que voy a sondearla un poco por mi cuenta, a ver qué pasa...".

Crítica de una visita al restaurant Tucci´s de Buenos Aires (publicado en la revista "El manjar", año II, num. 15)

"En una pintoresca esquina del barrio de Almagro, encontramos esta auténtica *trattoria* atendida por sus dueños. Aquí todo se siente italiano, tanto en el ambiente y en la música como en su cocina y sus vinos. Muy buena cocina, pastas amasadas *in situ* y *antipasti* ricos y ortodoxos.

En el salón, dos columnas pintadas como los mástiles de las góndolas venecianas no desentonan con ese ambiente cálido de colores tranquilos, hay una buena distancia entre las mesas y un mozo muy gentil y atento, quien brinda con paciencia infinita significados y significantes del menú.

Aconsejo no perderse los *antipasti*, fríos o calientes. De los fríos, las suaves berenjenas en aceite, los tomates secos, la cima a la genovesa, el matambre casero, el *vitel thoné*. Entre los calientes, exquisitos los hinojos gratinados, las croquetas de verdura y ricota, la *caponatina* (especie de *ratatouille* levemente agridulce).

Sobre pastas, están los *stascinati*, especie de sombreritos de sémola con pesto, al que añaden piñones. Imperdibles los tradicionales *ravioli* de borraja y pollo con oliva y manteca, o los *fagottini* con crema de albahaca.

Hay *risotti* con *porcini*, gorgonzola o a la milanesa, sólo los martes, miércoles y jueves.

Entre los postres, recomiendo el tiramisú, cremoso y dulce como debe ser".

Biografía de Marco Polo,
fragmento de "Guía Visual de Venecia"

"Nacido hacia 1254 en el barrio de Canareggio, cerca del Rialto, Marco Polo dejó Venecia a los ocho años para realizar un viaje de cuatro años a la Corte del emperador Kublai Khan. Impresionó al emperador mongol y se quedó allí durante unos veinte años como diplomático.

A su vuelta a Venecia en 1295, llevaba consigo una fortuna en joyas y fantásticas historias sobre la Corte del Kublai Khan.

En 1298, siendo prisionero de guerra en Génova, compiló un relato sobre sus viajes con la ayuda de un amigo. Al traducirse al francés se convertiría en *Le livre des merveilles.* A pesar de que muchos italianos no creyeron sus fantásticas historias orientales, el libro fue todo un éxito. Su apodo pasó a ser Marco Il Milione (de las mil mentiras), de ahí el nombre de los pequeños patios de la casa donde vivía la familia Polo: Corte Prima del Milion y Corte Seconda del Milion.

Cuenta la leyenda que mientras duraban sus viajes, Polo nunca hablaba de su ciudad natal, pero que antes de morir contrajo una extraña demencia en la cual confundía todas las ciudades que había conocido con Venecia".

Victoria Cáceres

La leyenda de Pomona y Vertumno

"Era la diosa de los frutos. Se pasaba el día junto a los pastores encargada de podar, regar, cuidar e injertar los árboles. Muchos dioses campestres intentaron desposarla, pero ella ignoró a todos cuantos se acercaban y valló sus jardines con un alto muro. Sin embargo, hubo un dios, Vertumno, que no se resignó a tales desprecios y prometió que se casaría con ella. A tal efecto, se convirtió al mismo tiempo en un pastor, un labrador, un viñador y un segador; y se presentó a la puerta de su casa, pero no fue recibido por Pomona. Finalmente, cuando el dios se convirtió en amable anciana y fue accesible para Pomona la convenció, con su elocuencia, de la conveniencia de tal boda. Vertumno se transformó a su apariencia normal y se casaron. Pomona es representada sentada junto a una cesta con frutas y flores o de pie portando dicha cesta, a menudo con manzanas, en la mano o en el regazo".

Índice